토요수필문학회 · 16

끝말 이어쓰기

겨울로 끝나는 것이 아니다.
끝을 잇기 위해 봄은 벌써 기다리고 있다.
기다린다는 것은 잊지 않았다는 것이다.
끝말 다음에 나오는 말도
기다림의 또 다른 표현이다.
기다리며 살아가야 글을 쓴다.
기다림에 지친 아픈 사람들이
이렇게 토요수필 16집을 만든다.
기다림의 끝을 물고 늘어지는 근성이
글 속에는 분명 살아있다.
포기하려고 두 손 털어내도
기다리고 있는 수많은 생각들 때문에
한 해 끝자락에서도
또 밤새워 글을 써야하는 것이다.

차 례
CONTENTS

토요수필문학회 · 16

끝말 이어쓰기

6~9월에 자주색 꽃이 피는 구기자를 제철에 만납니다. 아닙니다. 열매 맺는 8~9월이 제철이겠지요. 꽃도 꽃이지만 무릇 열매 맺는 일이 없으면 그만큼 더 허망한 것이 없음을 자연에게서 배웁니다. 가지과라서 자주색 꽃이 피나요? 열매가 커서 왕구기자라 하나요? 사물의 이름도 다 사연이 있어 가만, 왕구기자— 하고 다시 불러봅니다. 꽃들이 자줏빛으로 대답하네요.

가을로 접어들면 지천으로 피었던 목화입니다. 솜이 생기기 전 단물나는 봉오리를 몰래 따 먹었던, 바로 그 목화입니다. 한 시절 우리 옷이 되고 이불이 되어 따스하게 감싸주었지요. 문익점이 최초로 들여왔다지만 그보다 훨씬 일찍 우리네 삶에서 목화를 사용했다고 하네요. 예나 다름없이 목화는 피는데 쉽게 볼 수 없습니다. 요즘은 무엇을 입고 사는지, 무엇을 덮고 따스하게 자는지

마당 가에 빠트리지 않고 심던 수세미도 노란 꽃을 피웠습니다. 잎이 커서 시원한 그늘을 만들어 주고, 오이보다 크게 자라 주렁주렁 매달려 싱싱한 모습을 보여주던 수세미입니다. 집집마다 설거지할 때 요긴하게 사용하던 수세미. 요즘은 약으로 사용하려고 일부러 심기도 하고 팔기도 합니다. 그 덕에 시장 귀퉁이에서 옛친구처럼 반갑게 만나기도 합니다.

황기꽃. 사진으로 보니 아, 하게 됩니다. 꽃도 사람처럼 이름을 자주 불러 줘야 기억하게 됩니다. 콩과라서 마치 콩꼬투리가 매달린 것 같기도 하고, 아카시아꽃 같기도 하고, 골담초꽃 같기도 합니다. 11월경에나 열매가 익는다니 그때 또 반갑게 이름 부르며 찾아봐야 제대로 알게 되겠지요. 꽃필 때야 다 아름답지만 열매 거둘 때는 속 깊은 아름다움까지 느껴져서 더 좋지요.

꽃잎에 범 무늬가 있어, 꽃잎과 이파리가 부채 같아 범부채가 되었을까요. 범이건 호랑이건 이미 전설 속 동물이 되어 무서워하는 사람이 없지요. 이제는 부드러워야 좋은 사람 같아, 눈빛도 부드럽게 떠야 합니다. 때로 호랑이 같은 사람도 있어야 정신이 번쩍 날텐데 말입니다. 범부채도 눈 부릅뜨려다가 마음을 바꿔 부드럽게 꽃이 되고, 무서운 범보다 살랑살랑 시원한 바람 같은 꽃잎이 되고.

아욱국을 좋아합니다. 된장 구수하게 풀어 끓인 그 아욱과의 부용입니다. 부용은 국거리로 보기에는 무리가 따릅니다. 연한 분홍빛 꽃이 나긋나긋 피어서인지 기생 이름에도 있고 경치 좋은 곳에 자리한 정자 중에도 부용대라는 곳이 있습니다. 작은 정자 하나 짓고 그 앞 연못 주변에 부용을 심고 싶은 마음. 오래전에 가졌던 꿈을 아직도 버리지 못하고 있습니다.

- 글 · 사진 _ 배준석

▌ 신라시대 중초사지, 고려시대 안양사지로 불리는 곳에 세워진 안양박물관에서 2백 미터 정도 더 위로 올라가면 자그마한
안양사가 나온다. 이곳에는 고려시대로 추정되는 귀부와 부도가 있어 과거 안양사 끝 쪽으로 생각된다.
　　종무소 옆에 명부전이 있는데 그 앞에 와송이 있다. 누워 계신 부처님을 와불이라고 하는데 이곳에는 누워있는 소나무가
있다. 그것도 한 줄기에서 두 가지로 뻗어나간 형상이 예사롭지 않다. 그 와송 아래에는 감로수가 나오고 있다.

두 가지 굵기만 보면 채 백 년이나 되었을까 싶지만 그 밑동을 보면 백 년은 족히 넘어 보인다. 와송 주변에도 오래된 소나무들이 군락을 이루고 있어 사찰의 풍취를 더하고 있다.

그 뒤로 몇 년 전 대웅전을 새로 지었고 그 위에는 커다란 미륵부처님이 하얀색으로 서 있다. 옆 바위에는 최근에 하얀색 선으로 그린 좌불이 자리하고 있다. 안양사는 아직 고색창연하다는 표현을 하기에는 이르지만 단청도 세월이 그리듯이 세월이 남긴 흔적이 쌓이고 쌓이면 그에 알맞은 표현이 나올 것이다. (안양시 만안구 예술공원로 131번길 103)

글. 사진 _ 배준석 2023. 10. 29. 日 촬영

▌평촌도서관 재건축으로 인해 정들었던 시청각실에서 마지막 수업을 가졌다. 30년 세월, 문화시설로 한결같이 시민들의 보금자리 역할을 했던 평촌도서관. 그곳에서 10년 넘는 세월을 문화교실과 시청각실에서 수업한 우리도 마지막 장면을 역사 속으로 남겨 놓는다. (2022. 12. 17. 토)

▌수업 후 평촌도서관 앞에서 기념 촬영을 했다. 왼쪽부터 박현 임승희 송명주 장진희 김말희 박올리 황복선 박명화 최수영 담당사서 배샘. (2022. 12. 17. 토)

▌2023년 첫 수업을 석수도서관 2층 문화교실에서 시작했다. 창밖에 자작나무 이파리가 반짝이는 별장 같은 교실에 새로운 보금자리를 틀었다. (2023. 1. 7. 토)

▌안산식물원에서 야외 수업을 가졌다. 이미 봄소식 가득한 곳에서 식물을 소재로 어떻게 글을 쓸 것인가에 대해 짧은 강의도 있었다. (2023. 2. 18. 토)

▌주말인 토요일이면 오히려 활기찬 모임, 남들은 쉬거나 여행을 가거나 하는 시간에 아침 일찍 교실에 나와 수업 준비하는 모습이 아름답다. (2023. 3. 4. 토)

▌수업 후 제41회 효성진달래 축제에 다녀왔다. 사람 키를 훌쩍 넘는 이곳 진달래는 옛날부터 유명해서 경기연감에도 기록되어 있다. (2023. 4. 1. 토)

▌수업 후 석수도서관에서 가까운 안양예술공원을 찾아 식사를 하고 카페에서 모처럼 여유로운 시간을 나누었다. (2023. 7. 15. 토)

빨강 볼펜 외 1편

배 준 석

(시인 · 문학이후 주간)

볼펜을 선물로 주고받던 시절도 옛날 말로 고릿적 이야기다. 소중하게 간직하던 빠이롯트 만년필을 지나 몽블랑 만년필로 격이 높아져도 역시 구시대 유물 같다. 여차하면 잉크가 새서 옷이나 책에 물을 들여놓는 일도 찾아보기 힘들어졌다. 휴대폰 하나로 만사형통이 되는 시대라서이다.

그런데 구시대 사람 같은 습관이라는 것이 남아있어 나는 아직도 볼펜을 쓰고 있다. 노트나 메모지에 검정 볼펜으로 끄적여야 글 쓴 것 같은 느낌이 든다. 굳이 변명한다면 급격한 변화에 적응하지 못하고 있다는 말이 정답이다.

더 재미있는 것은 남들이 잘 사용하지 않는 빨강 볼펜을 많이 쓰고 있다는 것이다. 이는 문학 강의를 하면서부터다. 공부하는 분들이 제출한 작품에 빨강 볼펜으로 퇴고, 첨삭을 하다 보니 생긴 일이다. 그래야 눈에 확 띄고 확인도 빠르며 일종의 경종도 된다고 생각하며 지낸 세월이 30년이다. 그동안 쓰고 버린 빨강 볼펜이 몇 개인지 헤아릴 수 없다.

한번은 10년 넘게 시를 썼다는 여성이 작품을 보여주고 싶다고 찾아왔다. 그때도 빨강 볼펜을 가지고 갔다. 한 묶음의 원고를 받아들고 차를 마시며 시를 읽던 나는 문학 강의 시간처럼 습관적으로 눈에 거슬리는 부분을 빨강 볼펜으로 고쳐나갔다. 10년을 혼자 열심히 썼다는 사람에게 시뻘겋게 된 원고를 돌려주었다. 글 쓰는 사람들 사이에서 우스갯소리로 하는 말 그대로 딸기밭을 만들어 준 것이다. 그 사람 얼굴도 금방 딸기밭이 되었다. 나는 형식적인 칭찬보다 실제적인 내용이 중요하다는 소신으로 한 일이지만 이후 그 사람은 지금까지 연락이 없다.

또 한 사람이 있다. 노트를 곁에 끼고 마치 문학소녀 같은 분위기로 나를 찾아온 여성이다. 그때도 예외 없이 몇 편의 시에 빨강 볼펜으로 딸기밭을 만들어 주었다. 그리고 다시는 나를 찾아오지 않으리라 생각했다. 그런데 의외였다. 오히려 내 문학 강의에 신청을 하고 빠짐없이 참석하며 글도 열심히 써내는 것이다. 나는 성실하게 빨강 볼펜으로 성의에 보답을 했다. 그리고 몇 년이 흘

렀을까. 신춘문예에 당당히 당선을 했다. 당선 소감에 내 이름이 나온 것은 말할 것도 없었다.

사랑도 사랑하는 사람에게 사랑으로 전달되었을 때 그 가치를 인정받게 된다. 아무리 사랑한다고 해도 받아들이는 사람에게 사랑으로 느껴지지 않으면 이별이 된다. 사랑과 사랑이 만나야 진정한 사랑이 된다. 상대와 통하지 않는 사랑은 더는 사랑의 효력을 발휘할 수 없다.

내 문학적 사랑에도 문제가 많다는 것을 알고 있다. 그래서 그 사랑을 느끼지 못하고 떠난 사람이 많다는 것을 알고 있다. 생각으로는 다 알고 있으면서도 나는 무던히 빨강 볼펜을 들고 다녔다. 나름 사랑의 표현이라고 떠들면서 결코 달콤하지도 않은 딸기밭을 여기저기 만들어 놓았다.

사람마다 개성이 있고 분위기가 있는데 무조건 내 사랑이라고 밀어붙인 것에 대해 반성한다. 글 끝에 반성이라는 말을 쓰면 득달같이 빨강 볼펜을 휘둘러대던 나도 이렇게 반성이라는 말을 쓰고 있다. 그래도 굳세게 빨강 볼펜을 휘둘러 댔다. 그것이 피와 같이 진한 색이라는 것을 뒤늦게 깨달았다.

기분 좋게 문학 공부를 하고 창작활동도 할 수 있도록 해야 하는 일을 30년 동안 피 튀기듯 마구 빨강 볼펜만 그어대다니. 문학 강의 30년이 되었다고 축하하는 자리보다 먼저 빨강 볼펜부터 바꾸기로 했다. 그리고 이름 끝에 '씨'자 대신 '님'자를 쓰기로 했다.

아직 입에 붙지 않아 '씨'자가 튀어나오기도 하지만 분위기를 바꾸려는 마음은 크기만 하다.

요즘은 빨강 볼펜 대신 파랑 볼펜을 들고 다닌다. 파랑은 밝고 맑고 희망적인 느낌이다. 지적하는 것이 아니라 사랑이라는 것을 느낄 수 있도록 부드러운 마음을 앞세워 놓은 것 같아 편안하다. 받아들이는 사람들도 내 마음을 느낄 수 있었으면, 하는 기대를 갖게 된다.

세상에 지적질하는 남자가 제일 매력 없다는데 그동안 지적하는 일이 일상이었던 이 업보로부터 완전히 벗어날 수 없는 운명이지만 운명도 습관을 고치면 바꿀 수 있다는 말을 떠올려 본다.

그나저나 큰일이다. 이 깊은 사랑이 전해져서 강의실에 사람들이 넘쳐난다면 어떻게 하나. 논술고사 한창 시작될 때 큰 강의실에 사람이 넘쳐 뒤에 서서 내 강의를 듣던 그 시절 풍경이 떠오른다. 제2의 문학 강의 황금기가 찾아왔다는 말을 믿어도 될 때가 있을까.

넥타이처럼 길게

연한 초록색 넥타이처럼 길게 기다리던 봄이라고 시 한 구절 써 놓고 더 긴 생각을 늘어놓는다.

봄을 기다리는데 넥타이라니, 다소 어리둥절한 사이를 꿰뚫고 붙잡은 넥타이를 또 길게 늘어놓는다.

남자에게 넥타이는 멋의 상징이다. 계절의 여왕이라는 봄을 마중하려면 당연 멋진 넥타이를 매야 한다는 생각이다. 그것도 아끼던 연한 초록색 넥타이를 매고 기다리면 봄빛도 따스하게 솔솔 내려올 것 같다. 그냥 봄인가, 코로나19에 꼼짝없이 잡혀 지내던 터라 이제 마음 내려놓고 맞이하는 봄은 거창하게 환영식이라도 해

줘야 할 것 같다.

멋도 멋이지만 넥타이는 남자에게 노동의 상징이기도 하다. 쉬는 날, 집안에서 넥타이 매고 있는 남자가 있는가. 넥타이는 샐러리맨들의 트레이드마크요, 적당한 스트레스를 받는 노동 현장에서 빛나는 존재이기도 하다. 남자는 땀 흘려 일할 때 역시 멋있다. 봄이 오면 일도 새롭게 시작해야 한다. 구태를 벗어던지고 새로운 마음으로 봄과 만나야 한다. 여기서도 넥타이와 봄은 긴밀하게 만난다.

넥타이는 긴장의 상징이다. 산다는 것은 긴장의 연속이다. 행복할수록 불안하다는 것은 이미 많은 시인이 노래했다. 그 긴장은 넥타이를 졸라맨다는 말과 견줄 만하다. 목을 맨다는 말은 어느 일에 흠뻑 빠져 있다는 것이다. 비슷한 목이 멘다는 말보다 강한 느낌이다. 봄에 목맨다는 것은 희망에 목을 맨다는 것이다. 절망으로 앞이 막막할 때 목을 매고 달려들 수밖에 없는 마지막 의지가 희망이다. 그래서 다시 넥타이를 졸라매게 되는 것이다. 가난에 지쳐 살던 시대에 허리띠를 졸라매는 것과는 다르지만 졸라맨다는 말의 느낌은 똑같이 절절하다. 봄을 기다리는 마음도 마찬가지다. 유독 추웠던 사람들에게 봄은 더 큰 기쁨으로 찾아와야 하는 계절이다.

넥타이는 감각의 상징이기도 하다. 어떤 색상으로 어떤 디자인으로 된 넥타이를 매는가는 그 사람의 개성과 미적 감각과 인품까지 가늠하게 한다. 넥타이 하나로 촌스러운 사람이 될 수도, 멋진 신사가 될 수도 있다. 예전 시골에서는 낡은 넥타이로 허리띠를 대신하기도 했다. 그야말로 넥타이와 허리띠를 같이 졸라맨다는 데에 정점을 찍는 일이다. 촌스럽다는 것이 꼭 나쁘다는 것은 아니다. 사람 분위기도 중요하기 때문이다. 촌스러운 사람에게는 촌스러운 멋이 있다. 때로 구수하고 격의 없이 넉넉해 보이는 촌스러운 봄도 시골에는 찾아온다. 세련된 멋만 멋이 아니듯 세련된 봄만 봄도 아니다.

현대인에게 감각은 중요하다. 그 감각의 끝은 분위기이다. 그 사람에게 꼭 알맞은 분위기가 미적 감각이다.

젊은 시절 나에게는 빨간 점무늬가 있는 정열적인 넥타이가 있었다. 그 넥타이를 매고 출근했는데 그날따라 일이 틀어지고 스트레스가 따라다니며 종일 심신을 괴롭혔다. 집에 오자마자 넥타이를 풀어 장롱 안으로 던졌는데 빨간 그놈이 마치 독사처럼 꾸불꾸불 기어가는 것이 아닌가. 징글징글한 하루라서 넥타이까지 뱀 모양을 하고 있었다. 정열적인 분위기의 넥타이가 갑자기 징그러운 분위기로 바뀐 것이다. 이렇듯 분위기는 예민하다. 그래서 한번 더 분위기를 바꿔 현대인들의 스트레스를 상징하고 있다는데 착안하여 그 빨간 점무늬 넥타이는 세 번째 내 시집 제목으로 당당히 자리 잡았다.

아직 시로 완성되지도 않은 시 한 구절을 다시 떠올리며 '넥타이처럼 길게 기다리던 봄이/ 연한 초록빛으로/ 목에 걸린다'라고 늘려본다. 그 다음은 또 무슨 시어로 이어갈지 고민하며 넥타이 이야기만 길게 늘어놓았다. 그러나 나는 안다. 이렇게 이야기를 하다 보면 그 다음에 슬그머니 뱀처럼 꼬리 흔들며 시 구절이 하나, 둘 찾아온다는 것을.

마침 연한 초록색 넥타이를 맨 김에 생각을 봄 속으로 성급하게 밀어 넣어보았다. 아바 넥타이보다 더 길게 늘어놓고 기다려야 할 것이다. 그 긴 시간도 따스하다.

김 말 희

lipt3@daum. net
2007년『문학산책』시 등단
시집『오래전 생소한 편지』

엄마는 칠십이 넘어서며 좋아하는 것도, 맛있는 것도 별로 없
다고 했다. 아직 엄마나이가 되지 않아서인지 비가 오면 빗소
리가 좋고 눈이 내리면 하얗게 쌓인 눈길을 걷는 것이 좋다.

— 「감사패」中에서

감사패

　결혼할 때 받은 보물1호인 패물함이 망가져 이사하면서 버렸다. 패물함에는 아직도 결혼반지와 목걸이가 반짝이고 있었다. 그때는 가장 소중했던 보석들과 함께 내가 중요하게 생각하는 것들을 보관했는데 그래봐야 집문서와 통장이거나 값나가는 물건 등이었다. 특별히 값나가는 것도 없으면서 내 형편에서 제일로 값나가는 것들을 중요하게 여겼던 젊은 날이다. 이제는 중요한 것들이 별로 없다고 생각되어 침대 옆의 작은 협탁 안에 여권이나 도장 등을 보관하고 있다.

　협탁의 작은 서랍들을 열어보니 그 속에 엄마의 여권과 주민등

록증이 있다. 내가 왜 이걸 보관하고 있었나 생각하니 엄마가 돌아가시고 나서 사물들을 정리하며 챙겨온 것 같다.

엄마는 칠십이 넘어서며 좋아하는 것도, 맛있는 것도 별로 없다고 했다. 아직 엄마나이가 되지 않아서인지 비가 오면 빗소리가 좋고 눈이 내리면 하얗게 쌓인 눈길을 걷는 것이 좋다. 그나마 좋은 것이 사라지지 않고 있어 다행이라고 생각하며 책장을 바라보았다. 각 단체에서 받은 감사패와 이리 저리 놓인 책들, 그 중에 가장 많은 것은 시집이다.

이제 책들도 정리를 할 때가 된 듯 내가 홀려서 사들이고 정작 바빠서 등의 이유로 읽지 못한 책들도 많다. 삶의 무게를 가볍게 하기 위해 누군가는 매일 한 가지씩 버리고 있다는 이야기를 들은 적이 있다. 요즘은 그 말이 계속 나를 따라다닌다.

나 역시 그렇게 살고 싶어 물건을 단출하게 만들려고 노력하고 있다. 퇴직을 하며 사무실에서 가져온 책들이며, 사물들이 박스째 그대로 있다. 저것들도 하나하나 버리고 정리해야 하는데…, 마음만 분주하다. 삼십대에는 정리해야 할 일이나 집안의 가구를 바꾸고 싶으면 밤을 새우며 정리 했었는데 이젠 몸이 따라주지 않는다. 아니 마음도 느려졌다. 삶의 열정도 식어져 가는 느낌이다.

이런 쓸쓸한 마음은 내가 미처 준비 하지 못한 상태에서 아이들이 결혼을 하고 제 길을 찾아 떠나버린 뒤에 생긴 것이다. 딸의 방을 서성거린다. 입던 옷들과 책들, 들고 다니던 가방, 쓰다 남긴 화장품, 액세서리, 사진액자 모든 것이 그대로 있는데 매일 보지 못할 딸을 생각하니 가슴 한구석이 휑하다.

이번에는 아들 방이다. 좋아하며 모았던 레고나 피규어 등이 박스에 쌓여 널브러져 있다. 아들 방에도 역시 아들이 입던 옷이 그대로 걸려있고, 침대 또한 아들의 체취를 담고 그대로 제 자리에 누워있다. 신발장에도 운동화며 샌들, 슬리퍼, 군화 등의 신발이 그대로 있다. 무엇을 입고, 신고 다니는 건지, 모두 새것을 사지는 않았을 텐데…, 신발들을 꺼냈다 다시 돌려 넣는다.

어떤 부모는 결혼한 자녀에게 물건 가져가라며 크게 "방 빼"라고 소리쳤다 한다. 결혼을 했으면 제 물건을 다 정리해야 하는 거 아니냐고, 그러면 자녀들은 "방 값 내겠습니다." 라고 한다는 우스갯소리를 들었다. 결혼을 했어도 집에 오면 제 물건들이 그대로 있기를 바라며 어릴 적 추억을 간직하고 싶은 자녀의 마음인지도 모르겠다.

아무튼 나 역시 아이들 물건을 함부로 정리 할 수 없어 그대로 두고 있다. 아이들이 집에 오면 필요한 몇 가지씩을 챙겨가곤 하니 그나마 물건을 핑계로 자주 들러주기를 바라는 마음이다.

퇴직 후 아이들이 호캉스를 가자고 한다. 아들이 결혼을 앞 둔 시점이라 결혼 축하 여행이겠거니 생각하고 흔쾌히 시간을 맞췄다. 아들은 회사와 협업이 된 호텔이 있는 인천의 D호텔로 가자고 했다. 코로나가 종식되지 않은 시점인 한겨울인데도 호텔 안은 젊은 인파로 가득 붐볐다. 외국인들도 많았다. 집보다 좋은 인테리어 때문인지 호텔에 들어서면 늘 기분이 좋다.

아이들은 나 더러 굳이 스파를 하고 오라고 한다. 아들이 같이 가자며 이끈다. 그렇잖아도 몸이 으스스하고, 피곤한 터라 아들이 안내하는 데로 따라가서 한 시간 여를 뜨거운 탕에서 몸을 녹이고 나왔다. 아들이 기다리고 있어 반가웠다. 이리 친절하고 세심한 아들도 곧 결혼을 하면 내 곁을 떠나 매일 볼 수 없을 것이란 생각에 아쉬운 마음이 자꾸 든다.

아들은 내 손을 꼬옥 잡고 호텔 문을 열었다. 순간 분위기가 수상하다. 케이크도 있고, 와인도 있고, 꽃다발도 한쪽에 놓여있다. 딸은 손주가 80일이 된 기념이라고 하고, 나는 아들 결혼을 위한 가족들의 환송회쯤으로 생각한 호캉스여서 케이크를 열며 연신 축하! 축하!를 외쳤다. 그런데 모두가 "엄마 퇴직을 축하합니다."라고 외쳤다. 가족들이 나를 위한 깜짝 파티를 준비했던 것이다. 감사패 증정식을 하고, 케이크를 자르고 와인 잔을 높이 들고 건배도 했다.

"사랑하는 어머니의 영광스러운 퇴직을 축하합니다."라고 시작한 감사패의 내용은 내 마음을 송두리째 감격의 물결로 출렁이게 만들었다. 거기에 80일밖에 안된 손주와 함께 쓴 딸의 편지, 사위와 아들, 남편이 각자 쓴 편지를 낭독하고 전달식을 해 주었다.

아이들이 어느 정도 자라서 시작했던 교회 신문사에서 잡지 편

집장으로 일한 17년간이 이렇게 뜻 깊게 마무리가 되었다. 감사패를 받고 보니 어쭙잖게 일한다고 엄마의 자리를 비워서 그 빈 시간만큼 외로울 수도 있었을 가족에게 늘 미안함만 쌓였던 시간이었다.

생각해보면 가족과 있었던 일도 잘 기억도 못하고, 꼼꼼하게 제대로 된 식사를 차려주지도 못하는 부족한 엄마인 내게 과분한 아이들, 어려서 크게 아프지도 않고 건강하게 잘 자라주고, 인사성이 밝아 이웃에게 칭찬을 듣던 아이들, 그래서 늘 기쁨이었던 아이들이 나를 존경하고 사랑한다고 감사패를 주었다. 정말은 받을 만한 자격도 없는 내게 말이다. 부끄럽기만 했다.

내게는 너무나 고맙고 감사한 다른 어떠한 감사패보다 내 가슴 깊이 간직할 보물1호가 되었다. 가족이 준 감사패를 거실장 한가운데에 보기 좋게 올려놓았다.

장마

이곳에 이사 온 후로는 줄곧 왕곡천변을 한 바퀴씩 돌았다. 집에서 멀지 않은 잘 정리된 둘레길의 왕곡천에는 많은 사람이 여름이거나 겨울이거나 계절에 상관없이 산책을 하거나 운동을 하러 나왔다.

비가 많이 내린 여름날에는 천변의 물은 제법 큰 소리를 내며 졸졸졸 흘러갔고, 웅덩이처럼 물이 고인 곳에서는 아이들이 물장구를 치며 놀았다. 그 광경을 보면 어릴 적 냇가에서 놀았던 기억이 스멀스멀 떠오르기도 한다.

올해도 장마는 게릴라성 집중호우로 예상이외의 많은 피해를

김말희

남기고 갔다. 몇 해 전 폭우에 무너진 왕곡천은 범람한 물줄기로 인해 산책길이 파괴되어 복구하던 중이었다. 완전히 복구되기도 전에 다시금 전쟁터같이 왕곡천은 아수라장이 되었다. 참 깨끗하고 예쁜 길이라 좋아했던 것만큼 안타까움이 컸다.

복구는 점점 더 시간이 길어졌다. 사람들은 포클레인이 왔다 갔다 하는 것만으로 곧 더 아름다운 길을 걸을 수 있으리라는 기대감으로 이 시산을 견디는 듯 했다. 나 역시 간간이 왕곡천에 나가 언제쯤 예전의 물소리를 가까이에서 들으며 걸을 수 있을까를 확인하고는 했다.

비는 일순간에 내려 많은 것을 앗아가고 망가뜨려버리는데 복구하는 일은 참 쉽지가 않았다. 자연의 섭리 앞에 인간의 노력이 헛돼 보이기도 하고, 미리 대비할 수 있었더라면 복구하는데 드는 시간과 일에 힘이 덜할 것이었는데 하는 방관자적인 생각을 하며 복구하느라 애쓰고 있는 분들의 주변을 맴돌곤 했다.

그사이 왕곡천에는 이팝나무 길에 황매화가 피고 지고, 목백일홍과 접시꽃, 수국이 만발해있다. 나무들은 더 짙어져 검푸른 초록을 띄우고 더위에 지친 사람을 위로하듯 가지들을 흔들었다.

장마철이면 비로 인해 무너지고 망가져가는 것들이 많지만 그럼에도 아직도 내 기억 속에는 수채화처럼 정지된 한 장면이 있다. 여고시절 학교에서 수업을 마치고 내려오는 해거름 때였다. 그날은 작은 아버지 집으로 가서 『폭풍의 언덕』 책을 가져 올

참이었다. 후드득 빗방울이 떨어지고 하늘은 금세 어둡게 변했다. 곧이어 소낙비가 쏟아질 태세였다. 책가방을 머리위로 들어 올리려는 순간, 누군가 내게 우산을 씌워주었다. 가끔씩 이런 경우에 우산을 준비하지 못한 민망함에 집에 다 왔다고 하고는 다른 집 대문 앞에 서있기도 했다. 그런데 그때는 왜 그 우산 속에 쉽게 들어가 같이 걸었는지 모를 일이다.

그는 내게 우산을 씌워주며 작은 아버지 집까지 데려다 주고는 돌아갔다. 이런 저런 대화를 하며 걸었던 것 같았는데 기억나는 것은 파리하게 깎은 머리와 여릿한 얼굴, 그리고 승복을 입은 모습이 전부다.

그러고 보니 작은 아버지 집 뒷산 위에는 영주암이란 절이 있었다. 그 암자로 가는 길이라고만 했다. 오빠 정도의 나이였는데 그는 어디서 오는 길이었는지, 그리고 우산을 어떻게 가지고 있었는지, 왜 승복을 입고 있었는지 궁금한 게 많았던 것 같은데 한 마디도 묻지 못하고 무슨 말인지 그가 하는 이야기를 들으며 고개만 끄덕였던 것 같다. 그런데 그 궁금증 때문인지, 그날의 해 저무는 오후 시간대의 분위기 때문인지, 비가 오면 내 기억은 늘 그 시간, 그 장소에 머무르게 된다.

그는 어떤 깊은 상처를 지닌 사람이었을까. 승복을 입고 있으면 왜 꼭 어떤 사연이 있는 것처럼 느껴지는지, 폭풍의 언덕을 읽으며 히스클리프와 같은 힘겨운 삶에서 도피하려는 것은 아니었을까 하곤 생각을 이어갔던 것 같다.

그리곤 어스름 늦은 저녁 하굣길에 혹시나 하며 그 자리를 몇 번인가 맴돌며 장마는 지나갔고 여름방학동안 나는 그 산사에 가 보고 싶다는 충동을 느꼈지만 가보지 못했다.

현대사회는 환경 탓인지 비가 오면 낭만보다 재해를 더 염려에 두어야 한다. 올해도 장마로 인해 많은 사람이 목숨을 잃었고, 여기 서기 무너지고 쓸려나간 일들을 TV에서 속보를 전하고 있다.

빗줄기가 성호를 그으며 창문을 두드리는 장마철, 창문에 쌓인 먼지를 쓸어내리는 빗줄기를 바라보며 후련해지는 기분도 잠깐이다. 장마에 피해를 입은 지역들의 소식을 들으며 어김없이 상처를 남기고 지나가는 장마에 마음에는 먹구름이 낀다. 그래서일까. 조금은 감정의 사치를 부리고 싶어지는 우울한 날에는 여고시절의 수채화 같은 낭만이 깃든 빗속의 그날을 서성거려 보고 싶은가 보다.

김혜경

haek310@daum.net

2018년 『문학이후』 수필 등단

함께 손주들을 양육하면서 이제는 서로의 식성까지도 자연스럽
게 알게 되는 사이가 되었다. 어쩌면 우리 두 가정이 만난 것
이 행운으로 시작하여 이제는 행복으로 향하여 가고 있는 길에
있는 것이다.

— 「네잎 클로버」 中에서

대공원 둘레길

    가을이 깊이 자리를 잡았다. 과천으로 이사 온 지 벌써 만 3년째가 되고 있다. 남편은 이사 온 후 하루 일과에서 거의 한 번 정도는 대공원을 산책한다. 그에 비해 나는 일주일에 한두 번 마지못해서 남편에게 끌려 다니는 정도이다. 남편은 어떤 때는 운동량이 적다고 대공원을 두 바퀴씩 돌고 올 때도 있을 정도로 과천을 잘 즐기면서 산다. 올해 남편은 갑자기 족저근막염이 생겨서 발이 퉁퉁 붓고 통증이 심하게 있을 때에도 산책을 거의 빠짐없이 하곤 했다. 평소에도 거의 차를 놓고 다니기에 하루 만 보를 넘게 걷는데도 대공원 산책을 미루지 않고 있는 것을 보면 대단하다 싶다.

그런데 꼭 산책을 갈 때마다 내게 잔소리를 한다. 좀 걸으라고! 그래서 어쩔 때에는 그 잔소리가 듣기 싫어서 마지못해 끌려가기도 하고, 때로는 끝까지 고집을 부리며 거절을 하기도 한다.

　오늘도 주말, 둘 다 다른 일정이 없어서 종일 같이 있어야 했다. 오전에는 어제 저녁에 한 약속대로 모처럼 장어를 먹고 커피까지 마시고 기분 좋게 집으로 돌아오는 길에 문득 남편이 대공원 산림욕장을 가자고 한다. 사실 식사 후에 서울로 나가서 덕수궁을 걷기로 했는데. 시청 앞에 맛있는 음식점이 있다고 하면서 살살 나를 꼬드겼다. 그런데 점심 식사를 거의 두 시간이나 했으니 몸이 나른해져서 서울까지 나가기가 둘 다 심드렁해진 것이다.

　집에 돌아와 급하게 물과 사과, 주스, 스틱을 챙겨서 급하게 산림욕장으로 향했다. 남편은 혼자서 다녀온 적이 있고, 지인들과도 두 차례나 다녀왔기에 익숙한 곳이다. 나는 말로만 들었지 그곳 상황을 잘 알지 못해서 가볍게 갔다 올 수 있는 곳으로 여겼다. 가는 길에 남편이 말해준다. 지금 가는 코스로 두 팀이나 데리고 갔었다고. 그런데 나이가 제법 있었던 한 팀은 결국 산림욕장으로도 못가고 방향을 바꿔서 다른 곳으로 갔다 왔다고 했다. 또 다른 팀은 젊은 편이었는데도 산림욕장을 들어서자마자 자신들이 무슨 잘못을 했기에 이런 힘든 곳으로 데려왔냐고 징징거려서 역시 그 팀들도 제대로 된 산행을 하지 못했다는 것이다. 결국 남편 혼자서만 산림욕장 둘레길 산행을 하고 온 셈이다. 그런 말을 들으니

덜컥 겁이 나고 괜히 따라 나왔구나 싶었다.

산림욕장은 서울대공원 동물원에서 샛길로 들어가는 곳에 있었다. 처음부터 계단으로 시작해서 약 십여 분간은 계속 오르막이어서 벌써 숨이 턱까지 차오른다. 아마 이쯤에서 그 젊은 팀들이 우리가 무슨 잘못을 했냐고 남편에게 물었을 것이라는 짐작이 되었다. 나도 속으로 내가 오늘 무슨 잘못을 했기에 이런 힘든 산행을 시작했나 싶었다. 다행히 남편이 챙겨준 스틱을 의지 삼아 한 계단 한 계단 오르다 보니 본격적인 산행이 시작되는 곳이 나왔다. 흙길이어서 더욱 좋고 산세도 점점 깊어져서 여기저기 단풍 든 나무들이 속속 앞장서서 인사를 건넨다.

오랜 만에 신고 온 등산화 무게 때문인지 발목이 처음부터 영 불편했다. 그런데 걸으면 걸을수록 발이 점점 더 아파온다. 내 발은 평소에도 조금 무리하기만 하면 오른발 발가락이 틀려서 통증이 생긴다. 그럴 때는 잠시 쉬면서 발을 주물러 주어야 통증도 풀리는데 그냥 두면 나중에는 쥐까지 심각하게 나서 걸을 수조차 없게 된다. 그런 증상이 슬슬 나타나기 시작해서 더럭 겁이 났다. 업고 내려갈 수 있는 곳도 아니고, 여기는 중간에 빠져나갈 길이 전혀 없다고 남편은 거듭거듭 협박 같은 말을 여러 번 하기에 정말로 큰일이다 싶었다. 그래서 의자가 보이는 대로 중간 중간 쉬어서 발을 주무르고 쥐가 안 나도록 했다. 다행히 남편의 배려로 대여섯 차례를 쉬었다가 가곤 했다. 산행 길에는 많은 사람들이 줄

지어 가는데, 거의 부부가 많이 보였다. 때로는 자녀를 낀 부부 팀이거나 젊은 연인들도 간간히 보였다.

우리가 걷는 산림욕장은 청계산의 일부이다. 전체 길이는 약 7.2Km이다. 청계산은 원래 청룡산으로 불렸다고 한다. 조선시대에 푸른색 용이 승천했다고 하여 그렇게 불렀다고 한다. 지금은 산에서 흘러내리는 물이 맑아 '청계'(맑은 청, 계곡 계)라고 이름하는 산으로 서울을 에워싸고 있는 산들 중에서 가장 남쪽에 위치하고 있다. 성남시와 과천시 그리고 의왕시의 경계를 이루며, 서울 대공원과 서울랜드, 국립현대미술관을 둘러싼 푸른 산자락이 바로 청계산이다. 이 청계산 자락을 자연 그대로 이용한 산림욕장이 개설된 것이다. 일 년 내내 개방이 되는 곳은 아니고 겨울에는 입산 통제가 되기도 한다.

산림욕장 길은 처음 부분과 끝나는 부분에만 나무계단으로 오르고 내림이 있지만 그 외에는 평탄해서 산책하듯이 걷기에는 좋은 곳이다. 중간마다 자연과 함께하는 숲, 독서하는 숲, 소나무 숲 등이 있으며 산림욕장 치고는 길도 널찍하고, 쉼터가 중간마다 있어서 쉬어가고 간식을 먹을 수 있다. 그리고 남편에게 속은 것은 한번 산림욕장에 들어서면 절대로 나갈 수 있는 길이 없다고 했는데 중간 중간 샛길(탈출로)이 많다는 것을 집에 와서야 알게 되었다. 내가 혹여 힘들면 되돌아가자고 할까봐 속였다고 들통이 나고서야 궁색한 핑계를 대는 남편이다.

김혜경

31

남편 등에 멘 주황색 배낭만을 바라보며 스틱에 의지해서 걷고 있다가 문득 지난 추억들이 슬금슬금 기어들어 오는 것을 알아차렸다. 두 아들들과 함께 우리 가족은 전국에 있는 많은 산들을 등정을 했다. 때로는 눈이 쌓인 속리산도 네 살 된 둘째 아들을 데리고 간 적도 있고, 대전 근방에 있는 산들은 일주일이 멀다하고 제 집 드나들 듯이 많이도 갔다. 그래서 그런지 지금도 두 아들들은 등산 이야기만 하면 고개를 젓는다. 지금 생각해도 산행이 꽤나 힘들었나 보다. 그럼에도 이처럼 산행을 할라치면 지난 날 우리 가족이 함께 산행을 하며 웃고 떠들던 그 모습이 생생히 떠올라서 미소가 저절로 지어진다. 행복한 날들이었다. 그런 추억 때문에 또 감사한 마음이 풍선마냥 부풀어 저 높이 둥실 올라간다.

앞장서던 남편이 기다리고 있다. 저만치 가면 '눈꼴신 쉼터'가 있다면서. 왜냐고 물으니, 지난 번 혼자서 산행을 할 때, 저 자리에서 부부들이 고기 쌈을 서로에게 먹여주더란다. 그런데 조금 더 올라간 곳에서는 젊은 연인들이 대낮임에도 애정행각을 벌였나 보다. 그래서 남편은 부부들 다정한 모습에 한 번 화가 치밀었는데, 거기다가 젊은 연인들 모습에 열이 치받아서 그곳 이름을 '눈꼴 신 쉼터'라고 이름을 지었다고 한다. 차라리 눈을 감고 말지 왜 봐서 속이 뒤집혔냐고 타박을 줬다. 차라리 안 본 눈이 나을 뻔 했다면서. 자주 혼자서 산행을 하는 남편에게는 이런 일들이 종종 있나보다. 평촌 모락산에서는 종종 혼자서 지나가면 불러 세워서 고기쌈도 싸주는 아주머니들도 있고 때로는 막걸리도 한 잔 얻어 먹기도 했다고 자랑하기도 했었다. 여기에서는 그런 사람들은커녕 속만 뒤집어 놓은 금슬 좋은 부부들이 많나 보다. 내가 좀 더 부지런히 끌려 다녀줘야겠다 싶지만 참 뜻대로 되지를 않으니 그 것이 문제가 된다.

스틱을 멀리 짚으면 내 두 발도 스틱에 맞게 보폭을 넓히든지 좁히든지 하면서 자연스럽게 스틱을 따라 자동적으로 나아간다. 내 삶에서 스틱과 같은 분은 내가 섬기고 경외하는 하나님이시다. 언제나 내가 가고자 하는 길에서 스틱처럼 항상 앞서서 행하시며 갈 길을 인도하셨다. 그래서 그분이 인도하시는 대로 나는 그저 믿으며 순종하면서 지금에 이르렀다. 지난 온 날들을 스틱을 보면서 하나씩 하나씩 나도 모르게 반추하고 있었다. 가을은 깊어질 대로 깊어지고 있지만 숲길을 유심히 보면 아직도 연초록의 연한 잎들이 가을에 묻혀서 그렇게 시나브로 단풍으로 변하고 있다. 그 랬다. 산 속은 계절을 초월한 곳이었다. 봄이 보이는 듯하다가 또 깊어진 가을이 보이고, 지난여름의 흔적도 쉽게 찾을 수 있다. 아 니 지난해의 낙엽들은 여전히 갈 곳을 못 찾아서 그대로 그 자리 에서 또 한 번의 가을을 맞이하고 있는지도 모르겠다. 여기에 눈 이라도 내리면 말 그대로 사계절의 분신들이 한 자리에서 파티라 도 벌일 줄 그 누가 알겠는가! 창조주의 성실과 열심은 자연을 조 화롭게 하고 또 질서 있게 한다.

김혜경

때마침 저 건너편 숲을 뚫고 비춰오는 석양빛을 보게 되었다. 숲길에서만 계속 가다보니 빛이 있는 곳을 미처 보지 못하여 숲이 어둡다고만 여겨졌다. 그런데 저 건너편 산등성이에 쏟아지는 햇볕으로 인해 마치 천상계와 같은 가을 잔치가 성황리에 총천연색으로 펼쳐지고 있었던 것이다. 지는 석양도 햇볕인지라 그 위세가 대단했다. 총천연색으로 물든 산등성이는 장관이다. 눈은 부시고 감탄은 절로 너진다. 빛의 위력을 새삼 느끼며 점차로 떨어질 볕으로 어둠이 빨리 찾아올까 해서 마음이 급해진 남편은 계속 갈 길을 채근하고 있다. 앞으로 8km를 더 가야한다면서. 그러나 지친 발을 들 수가 없어서 자꾸만 신발 코 부분을 돌작에 계단에 부딪치면서 가고 있는 나는 채근하면 할수록 더 허둥거려진다. 만약 이러할 때 스틱마저 없었다면 출구가 없는 길을 뚫고서라도 뒤돌아서 냅다 도망을 쳤을 것이다.

겨우 어찌어찌해서 산행 길에서 평지가 보이는 길까지 내려섰다. 마지막 부분까지 또 계단이 즐비하여 무릎까지 온 통증을 이겨내며 한 발씩 내딛어서 오후 6시가 조금 넘었다. 거의 4시간을 산행을 한 것이다.

미술관 주차장 쪽으로 나가는 길이 있다. 노란 단풍나무가 열병식을 하고 있다. 지천에 떨어진 단풍잎들도 사뿐히 즈려밟고 가주기를 기다린 듯하다. 어둠이 이미 깔렸지만 오늘따라 빨간 티셔츠를 입고 파란색 바지를 입은 나는 남편에게 노란 단풍나무와 함께 사진을 찍어달라고 한다. 어쩐지 오늘 아침부터 계속 빨간 티셔츠를 입고 싶었는데. 이런 때는 화사한 사진으로 남길 수 있으니 좋기만 하다.

요즘에 여러 일들로 바빴던 나는 오늘 대공원 둘레길 산림욕장 산행으로 여유롭게 뒤를 되돌아봄을 많이도 가졌다. 돌아봄은 아름답다. 행여 나쁜 추억들조차 시나브로 아름다움만 남기는 기적을 보이기 때문이다. 자주 나를 돌아보고, 시간을 돌아보고, 내가 있는 곳을 돌아보는 습관을 가지면 좋으리라 싶다. 돌아보니 나의 지난날들은 다 가을 단풍처럼 아름다움으로 남아있었다.

김혜경

네잎클로버 여행

"깊고 작은 산골짜기 사이로 맑은 물 흐르는 작은 샘터에 예쁜 꽃들 사이에 살짝 숨겨진 이슬 먹고 피어난 네잎클로버! 랄랄라 한 잎, 랄랄라 두 입, 랄랄라 세 잎, 랄랄라 네 잎, 행운을 가져다 준다는 수줍은 얼굴의 미소"

여기는 발리 공항이다. 발리 공항은 전경이 아담하지만 깔끔해서 그 어떤 유럽 공항들보다 좋게 느껴졌다. 수화물이 나올 때를 기다리며 초등학교 1학년인 우리 큰손녀와 사돈 손자인 초등학교 4학년 아이랑 나랑 번갈아 가면서 손뼉치기 놀이를 하고 있는 중이다. 요즘 유튜브에서 인기라는 '네잎클로버' 노래에 맞춰 손뼉치기 놀이를 하는 것이다. 두 사람이 서로 손을 마주잡고 손바닥을 부딪치거나, 두 사람의 손등을 붙인 후 그 사이를 위, 가운데, 아래로 손바닥을 마주치며 노래에 따라서 하다 보니 제법 연습이 필요한 동작들이 있어서 더 재미가 있다. 또한 노래 가사가 산뜻하고 정겨워서 하면 할수록 더 하고 싶어졌다. 남의 나라 그것도 번잡스런 공항에서 아이들과 손을 맞잡고 노래를 하며 놀다보니 훌쩍 동심으로 돌아가 있다.

이번 발리 여행 우리 일행은 어른 일곱 명, 아이가 세 명으로 모두 열 명이다. 일행 중 초등학교 체육교사인 사돈총각은 이틀 뒤에 발리에서 합류하기로 하고, 아홉 명만 먼저 출발을 했다.

양가 부모들이 공동으로 아이들을 돌보기에 이렇게 매년 한 번씩은 해외여행을 함께 가주는 큰아들 내외가 새삼 고맙기도 하지만 또 얼마나 번거로울까 싶기도 하다. 그래도 언제나 며느리는 자기는 여행을 좋아한다고 하면서 먼저 나서서 여행 장소를 물색하고 여행 분위기를 만들어 간다. 이번 여행 일정도 봄부터 시작되었던 것이다. 여행 일정과 묵을 숙소, 여행 코스 등을 몇 달 전부터 알아보고 또 중간마다 부모들의 의견도 물으면서 마치 여행 코스를 전문가답게 잘 짜고 진행해왔다.

두 부부가 의사라 병원 일도 바쁘고 게다가 큰 손녀가 올해 초등학교에 입학하여 돌볼 일도 끝도 없이 많은데, 참으로 지혜롭게 군소리 없이 잘도 진행을 하는 며느리가 대단할 뿐이다.

김혜경

이번 발리 여행은 숙소를 세 번 바꾸어 묵을 예정이란다. 첫 번째 숙소는 하얏트 호텔로 지은 지 오래된 건물이라 실내 분위기는 고전적이어서 마음에 안정감을 주어 좋았다. 자연 그대로를 살려서 건물을 지은 것이 매우 자연스럽다. 객실을 찾아가는 동선도 전혀 계단이 없고 길을 따라 걷다보면 자연스럽게 1,2,3층으로 층이 따라서 올라가게끔 지어졌다. 예전에 남편과 패키지여행으로 발리를 온 적이 있는데, 그 때와 비교하면 훨씬 안정감 있는 분위기로 바뀌었고 그 사이에 발전을 많이 한 도시가 되었다.

아침에 일어나 보니 태평양 바다를 마주보고 식당과 수영장이 있어서 바다에 들어가지 않아도 바다에서 수영하는 듯한 기분이 드는 수영장에서 수영을 즐길 수 있는 것이 새로운 기분이다. 바다를 마주보고 해변 가에 늘어선 파라솔에 앉아있노라면 저 멀리 태평양을 끝없이 볼 수 있을 것만 같다.

숙소에서 걸어서 잘 꾸며진 정원에 다다르면 여기저기에 흰 꽃, 노란 꽃, 붉은 꽃들이 지천으로 떨어져 있다. 우리 집 사랑둥이 작은 손녀가 냉큼 달려가 깨끗한 꽃만을 집어 한 사람씩 나눠주며 귀에 꽂아보라고 한다. 그 덕분에 오래간만에 머리에 꽃도 꽂아본다며 다들 화사하게 웃었다. 식당 주변으로 둥글게 연못이 있어 커다란 연꽃과 고급스러운 하얀 잉어와 붉은 잉어들 그리고 검정색의 물고기들이 유유자적하고 물가 잔디에는 오리들까지 뒤뚱거리며 아기 손님들을 반기고 있다.

식당 여기저기에 생과일주스 빛깔이 너무나도 곱다. 그리 향이 진하지 않은 인도네시아 음식은 먹기에 힘들지 않고 오히려 칼칼하게 무친 가지나물은 한국 음식 같았다. 숙주나물도 입맛에 맞아서 즐겨 먹었는데 단지 안남미 밥은 무슨 맛으로 먹는지 알 수가 없었다. 그러고 보니 우리는 맛있는 쌀밥을 먹는 축복이 있음을 새삼 고맙다.

오후에는 돌고래 체험을 하러 나갔다. 큰 수조를 양쪽으로 나눠서 두 팀으로 진행한다. 조련사들과 함께 등장한 '심바'라는 돌고래는 아직 아기임에도 제법 성체와 비슷하게 컸다. 조련사의 신호에 따라 물속에 들어가서 체험하는 사람들에게 가까이 다가오면 직접 돌고래 몸을 만질 수 있게 한다. 또 조련사가 손가락을 들어 허공에 돌리는 신호를 하자 돌고래가 제자리에서 한 바퀴를 돌아 준다. 게다가 사람들 위로 날아올라 뛰어넘기도 하고 마지막으로는 먹이도 줄 수 있으며, 각 사람 얼굴에 짧은 입맞춤을 해 주는 것으로 체험은 끝이 난다. 한 팀으로 여섯 명만 수조 안으로 들어갈 수 있다고 해서, 사돈댁 내외와 나는 수조 밖에서 간단한 체험을 하기로 했다. 우리 세 사람이 수조 근처로 가서 기다리면 돌고래가 만질 수 있도록 가까이 다가왔다. 돌고래 피부는 미끄럽고 생각보다 많이 부드러웠다. 역시 조련사의 지시에 따라서 손가락을 돌리면 한 바퀴 도는 재주를 보여주고, 몸을 앞으로 내밀고 얼굴을 대주면 얼굴에 살짝 입맞춤을 해 준다. 먹이도 먹여 보는데 크게 벌린 돌고래 입 속이 매우 재미나게 생겼다. 우리가 체험하는 모든 장면들을 사진사가 다 찍고 있어서 사진을 통해 체험을 오래 기억할 수 있을 것이다.

한 날은 호텔에서 나와 근처 식당으로 저녁 식사를 하러 갔다. 그 식당은 음식도 맛있다고 해서 며느리가 예약을 해 둔 곳이다. 거의 우리가 묵고 있는 호텔처럼 큰 식당이 바다를 마주보고 있었다. 매일 연주 팀이 와서 먼저 멋들어지게 노래를 해 준단다. 토속적인 악기에 여자 싱어의 걸쭉한 목소리가 매우 인상적이었다. 앞자리에 앉은 우리 일행을 보고 싱어가 인사를 한다. 한국에서 왔다고 하니 매우 반가워하면서 노래를 선사하겠다고 한다. '사랑해 당신을' 노래를 발음도 좋게 또 멋지게 불러줘서 살짝 감동이 되기도 했다. 이국땅에서 다른 나라 사람이 불러주는 우리의 노래, 비록 유행가이지만 한국을 대표하는 노래이기도 해서 새롭게 들렸으며 문득 외국을 나가면 다 애국자가 된다는 말이 생각이 났다. 아기들도 신이 나서 박수로 화답을 하며 같이 즐긴 기분 좋은 저녁 식사 시간이었다. 음악은 세계 만국의 공용이라는 말은 맞는 말인가 보다. 새삼 타국에서 우리나라 노래를 들으며 우리나라의 국력이 얼마나 높아졌는지를 체험한 것이다. 아이들에게도 나라를 자랑스럽게 여길 수 있는 좋은 기회가 되었으리라!

우리 며느리의 여행 일정은 제법 **빡빡**했다. 쉬는 것 같다가도 또 분주히 움직여야 한다. 이번 여행의 큰 특징은 전혀 식사 준비를 안 하는 것이다. 지금까지의 해외여행은 캐나다 벤프 공원, 하와이. 그리고 지난 코로나 때에 마지막으로 갔던 괌이었고 이번 발리 여행은 네 번째 해외여행이다. 매번 여행 때마다 간단하게나마 가져간 식재료로 식사를 해서 먹곤 했었다. 또 남자들을 위한 술자리 안주를 직접 준비해 주기도 하고, 아가들 식사도 만들곤 했는데 이번 여행에서는 거의 다 식사를 사서 먹었기에 덕분에 여자들이 하는 일이 거의 없는 참으로 편안한 여행이었다.

게다가 더 좋았던 것은 매일 한 번씩 전신 마사지를 받을 수 있도록 일정을 짜서 온종일 놀다가 오후에는 두 팀으로 나눠서 마사지 샵을 가곤 했던 럭셔리한 여행 일정이었다. 아마도 양가 부모가 육아를 하기 때문에 며느리가 이번 여행은 제대로 효도를 하고 싶어나 보다. 덕분에 나는 첫 날은 오일 마사지를 받고, 둘째 날은 스톤 마사지를 받았다. 그냥 노는 것도 힘이 드는지 둘째 날 부터는 은근히 몸이 먼저 마사지를 기다리는 듯했다. 두 분 할아버지들도 좋아라 하고. 며느리의 이런 깜찍한 일정 때문에 다들 행복이 배가 되었다.

두 번째 숙소는 사파리 안에 잡았다. 커다란 여행 가방 8개를 싣고 30분을 달려 사파리에 도착했다. 사파리는 매우 규모가 크고 관람하는 사람들도 많았다. 간단하게 실시간으로 진행되는 동물들의 훈련 장면을 여러 곳을 돌다가 숙소에 짐을 풀었다. 숙소는 자연 그대로를 옮겨다 놓았다. 객실에서 사파리를 온전히 바라다 볼 수 있게끔 지어진 곳이다. 침대에 누우면 바로 눈앞에 기린, 코끼리, 낙타, 코뿔소 등이 자연 속에서 살고 있는 모습을 볼 수 있어 완전 새로운 체험이었다. 심지어 테라스에서 사파리 쪽으로 당근을 던지면 동물들이 달려와서 받아먹을 정도로 가깝다. 객실과 사파리 사이에는 작은 개울이 있어서 아기들이 당근을 던지면 힘이 약해서 미처 동물들에게 가 닿지 못하고 개울로 풍덩 빠지곤 했다. 그래도 그것조차도 재미가 있고, 더 멀리 더 많은 농물들에게 당근을 던지려고 며느리는 아예 한국 시장에서 가방 한 가득 당근도 사 가지고 왔단다. 객실에는 먹이용 당근이 한 바구니씩 있는데 아가들까지 던지다 보니 많이 부족했다. 아마 한국에서 미리 당근을 안 사갔다면 일행 모두가 먹이를 던져주는 재미를 온전히 느낄 수는 없었을 것이다.

사파리 투어에서는 철장이 만들어진 차량에 타고 달리면서 초원에 있는 여러 동물들을 직접 볼 수 있는 프로그램이다. 호랑이, 사자 등 맹수에게 직접 핀셋으로 먹이도 먹여주고 가까이에서 맹수들의 울음소리를 들으니 역시 맹수다운 기품과 힘이 느껴졌다. 호랑이는 철장 버스 위까지 올라와서 그 기백을 발휘하는데 아마도 먹이를 너무 적게 주는 것이 화가 난 듯 보였다. 오는 관광객들마다 아주 적은 먹이를 주고 있기에 식사량이 많은 맹수들은 화가 날 수 있을 것이다.

그 다음날에는 아가들은 종일 사파리 안에 있는 동물들이 보이는 수영장에서 지내고, 어른들은 코끼리를 타기로 했다. 남편은 이미 코끼리를 여러 번 타 본 경험이 있다고 해서 나는 아들과 함께 탔다. 사돈 내외가 탄 코끼리가 먼저 앞장서서 출발을 한다. 코끼리 등에 타자 그 큰 덩치 때문에 무척 안정감이 있었다. 그런데 코끼리가 한 발을 내딛자 내 몸이 순간 출렁 앞뒤로 흔들린다. 마치 지진이 일어난 것처럼! 그리고 앞에 놓인 난간을 코끼리가 건너려고 하자 코끼리 맨 앞에 타서 우리를 인도하던 조련사가 몸을 왼쪽으로 기울이라고 한다. 우리가 왼쪽으로 몸을 기울여 주면 코끼리는 반대편 발을 들어서 난간을 건너고, 연이어 뒷발도 건넌다. 다시 오른쪽으로 기울여주면 왼발을 들어서 난간을 건너는데 그때는 좀 더 무서웠다. 이 큰 코끼리가 사람들에 의해서 조련되고 있는 것이 불쌍해 보이기도 하고 그리 썩 기분이 좋지는 않다. 앞서 가던 사돈이 탄 코끼리는 파파야 같은 대변을 몇 개 떨구면서 잘도 걸어간다. 걷다 보니 우리 아기들이 놀고 있는 수영장을 지나가게 되었다. 순간 아기들이 우리를 보고 환호성을 지르며 수영장 가로 몰려와 함께 사진을 찍었다. 수영장에서 즐기고 있는 손주들이 행복해 보여서 좋았다. 코끼리 등에 타고 있는 우리를 보고 손을 흔드는 손주들도 신기하듯이 바라보며 즐거워한다. '발리 인 사파리'는 그 규모가 엄청나다. 용인에 있는 에버랜드와는 비교가 안 될 정도의 규모이며 동물의 종류도 많았다. 가장 부러웠던 것은 자연 속에 동물들만 풀어 놓으면 그대로 훌륭한 사파리가 된다는 것이다. 천혜 자연을 가지고 관광 수입을 제대로 벌고 있는 것이 우리나라와는 다른 것이 샘나게 부러웠다.

세 번째 숙소는 발리에서 최근에 각광을 받기 시작한 새로운 관광지역인 짱구지역으로 들어갔다. 가는 길은 거의 왕복 2차선인데 어찌나 오토바이들이 많은 지 차량들 틈새로 요리조리 피해서 질주하는 바람에 차량 속도가 오히려 제일 느리다. 숙소는 최근에 세계적으로 유명한 에어비앤비를 통해서 렌트한 단독주택으로, 마당에 큰 수영장이 딸린 집이다. 방이 다섯 개나 있는 거의 호텔식 주택으로 꾸며진 집이다. 특이한 것은 도우미 두 사람이 있어서 오전 식사를 준비해 주고, 집안 청소 등을 해주며 빨래까지도 외부에서 해다 준다고 한다. 이런 시스템은 처음인데 지내보니 편리하고 좋았다.

침실이 좌우로 세 개, 두 개가 있고, 마당에는 직사각형의 수영장이 시원스럽게 자리를 잡고 있다. 수영장은 아이들이 놀 수 있을 정도의 깊이로 안쪽은 제법 깊이가 있었지만 다들 놀기에는 적합했다. 누워서 쉴 수 있는 흰색 워터체어가 수영장 입구에 놓여 있어서 편안한 느낌이 들었다. 누워서 하늘을 보니 마침 그날은 추석날 저녁으로, 추석 보름달이 이곳 발리에서도 휘엉청 밝다. 아이들을 불러 보름달을 보게 하니 조명까지 들어온 수영장 분위기가 마치 영화 속 한 장면 같다.

아침 기상을 하자마자 요가 선생님이 숙소로 와서 모두들 요가를 따라 하느라 한바탕 웃을 수 있었다. 몸이 뻣뻣한 할아버지들이 문제였다. 어찌나 동작을 엉성하게 하는지 같이 하는 손주들이 시범을 보일 정도였다. 식사 후부터 시작된 수영은 저녁 무렵까지 계속 되었다. 시간만 나면 다들 수영장으로 들어가는 분위기였다. 결국 아기들 등이 새까맣게 타서 약간의 화상 기운까지 생겨 아기들도 수분보습 마사지를 이틀씩이나 받게 했다. 물속에서 수영 시합도 하고, 수영 실력을 자랑하기도 하고, 수구도 하다 보니 일행 전부가 다 수영장에 들어가는 때도 있다. 한국에 돌아가서 우리도 이런 집을 지어서 같이 지내면 좋겠다는 바람도 가져 보았다. 이렇게 같이 어울릴 수 있는 공간이 있으면 요즘처럼 가족끼리도 데면데면한 때에는 더 좋을 것이다.

마지막 저녁 식사 시간에는 남자 요리사가 직접 숙소로 왔다. 40대 정도 되는 요리사는 우리가 수영을 하는 동안 주방에서 요리를 시작해 두 시간 만에 근사한 식탁을 준비해 주었다. 감사 인사로 박수를 쳐 주고 기념사진을 찍고 맛나게 식사를 나눴다. 며느리가 아메리칸식 식사를 주문해서 직접 재료를 사와서 조리를 해주는 것인데 새로운 체험이라 그런지 매우 인상적이었다. 음식 맛은 누구에게나 잘 맞는 듯했고, 근사한 상차림도 제법 세련되었다.

보통 클로버는 세 잎을 가졌기에 특별히 네 잎을 가진 클로버의 뜻은 행운이라고 한다. 그런데 세잎클로버의 뜻이 행복이라는 것은 이번에 알게 되었다. 우리 해외여행 팀은 네 가정으로 구성되어 있다. 우리 가정, 사돈 가정, 큰 아들네 가정, 사돈총각 네 가정. 우연히도 네잎클로버처럼 우리도 네 가정이 모여서 이렇게 여행 팀이 구성이 되었다.

사돈으로 만나서 서로의 아들, 딸을 나눠 가졌고, 또 서로의 가정을 나누며 이렇게 삶까지도 나누는 사이가 되었다. 처음에는 국내 여행을 연습 삼아 몇 번 해 보고, 눈을 돌려 해외로 나오면서 매 년마다 새로운 체험과 새로운 기쁨과 추억들을 한 잎 한 잎씩 클로버처럼 만들어가고 있다. 함께 손주들을 양육하면서 이제는 서로의 식성까지도 자연스럽게 알게 되는 사이가 되었다. 어쩌면 우리 두 가정이 만난 것이 행운으로 시작하여 이제는 행복으로 향하여 가고 있는 길에 있는 것이다. 두 가정에서 태어나 준 소중한 손주들을 함께 양육하면서 이렇듯 또 다른 행복도 덤으로 받아 누리고 있는 우리는 진정한 행복을 가꾸며 살아가고 있는 중이다.

"한 줄기에 따스한 햇살 받으며 희망으로 가득한 나의 친구야 빛처럼 밝은 마음으로 너를 담고 싶어."

네잎클로버 노래 가사가 마치 우리 네 가정의 행복 가사처럼 마음에 담아진다.

박 명 화

pmyungh86@hanmail.net
2006년 『문학산책』 시 등단.
2016년 6월의 시인 선정. 시집 『텃새』

하루 세 시간의 인연이지만 할머니와의 끝말이어쓰기 시간 속
에 녹아드는 정이 가끔씩 나에게 도전이 된다. 할머니의 기억
이, 할머니의 일상이 더 이상 요동하지 아니하고 늘 지금만 같
았으면 한다. 그 몹쓸 가난도 거뜬히 딛고 성공했으니 지금의
터널도 잘 견디어 내리라 꼭 그리 하시리라 믿어본다.

— 「끝말 이어쓰기」 中에서

끝말 이어쓰기

오늘도 하루에 3시간씩 할머니를 보살피러 간다. 치매 5등급 할머니다. 나는 이 할머니를 고상한 할머니라고 할 만큼 멋스럽기까지 하다. 하기야 젊은 날에는 미인대회에도 출전했다니 그럴 법도 하다. 호수처럼 빠져들 듯한 동그란 눈이 초롱초롱 예쁘다. 은빛 물결 단발머리는 어떻고, 단아함이 저절로 풍긴다. 어디 하나 부족함이 없는 모습에서 부잣집 막내딸로 곱게 자랄성싶지만 실상은 정 반대다. 집이 어려워 공장을 다녔고 독학으로 간판 내놓을만한 대학출신이라고 슬쩍슬쩍 자랑을 내비치기도 한다. 세월은 공평해서 이런 할머니에게도 치매를 안겨준 것일까?

치매 5등급은 의무적으로 인지학습을 1시간씩 해야 한다. 할머니는 인지학습시간을 좋아한다. 덧셈 곱하기도 가끔 일제강점기에 학습한 일본어도 곧잘 구사하는 할머니는 그림색칠도 어찌나 꼼꼼한지 모른다. 그래서인지 화가가 되고 싶었단다. 다행히 무남독녀 외동딸이 화가가 되어 대신 꿈을 이루어주었다며 지금은 미국에서 교수란다. 할머니는 끝말 이어쓰기를 좋아한다. 글씨도 얼굴만큼 예쁘게 잘 쓴다. 글씨체가 좋아서 정자로 한 자 한 자 예쁘고 정성스레 쓴다.

"공부합시다."

준비물을 가운데 두고 할머니와 마주 앉는다. 초등학생처럼 자세를 바르게 취한 할머니 눈이 꿈꾸는 호수 같다. 교감으로 정년퇴직한 남편 할아버지를 회상하라는 의미에서 '교감선생님 그리워'를 쓰라고 한다. 할머니는 '교감선생'까지 또박또박 정자체로 참 잘 쓰더니 무슨 일인지 한참을 멈추고 있다.

"님 그리워, 도 마저 쓰셔야죠. 할머니! 할아버지를 그리워하시잖아요."

한참 만에 알았다며 차분하게 쓴다. 그 다음 끝말을 이어 쓰라 한다.

"그리워, 워로 시작하는 단어는요?"

"워, 워, 워에는 뭐가 있을까?"

할머니는 생각이 깊다

"태평양 건너 땅덩이가 아주 넓은 나라의 수도가 있는데요. 워로 시작하는 도시이름 생각나세요?"

"아! 워싱턴?"

해박한 할머니는 신나서 완벽하게 쓴다. 턴은 생각이 안 난다 한다. 나도 생각이 안 난다며 다시 새로운 말로 이어쓰기를 한다.

"할아버지가 중학교 교감선생님으로 정년퇴직 하셨으니 중학교로 시작해볼까요."

중학교—교가—가족—족제비—

할머니는 잘 나간다 싶더니만 옛날에는 족제비도 많았다며 뜬금없는 샛길로 빠진다.

"전 족제비를 실제로는 못 봤지만 징그러울 것 같아요. 할머니! 족제비 털로 만든 붓이 좋다지요."

"그렇지. 그건 비쌌어."

"다음은 비행기입니다. 비행기!"

비행기—기린—린스—스마일 곧 이어 잘 쓴다.

"할머니! 스마일 스마일 따라 해보세요."

뭐가 수줍은지 엷은 미소가 부끄럽게 번진다. 스마일 스마일 큰소리로 외치는 할머니를 잽싸게 스마트폰으로 사진을 찍는다. 사진을 전송하면 춤이라도 출 듯 어찌나 좋아하는지 나까지 덩달아 어깨가 들썩인다.

스마일—일장기—라고 하더니 그 옛날 일제강점기적 소학교 이야기를 한다. 느닷없이 일어로 구구단을 2×3=6 니 상 로꾸 4×3=12 시 산 쥬우니 하며 외운다.

"전 일어 잘 몰라요. 가르쳐주세요."

"이찌 니 상 시 고 로꾸 시찌 하찌 큐 쥬우~"

할머니가 말한 대로 일어로 1에서 10까지 따라하면서 써본다. 치매는 옛 기억들을 기억한다더니, 할머니는 옛날 그 기억에 신났다. 그러더니 '구구단도 이제 가물가물하네.' 혼잣말로 내뱉는다.

"할머니! 끝말이어쓰기 또 해야죠? 할머니 집은 억만장자였죠?"

느닷없는 질문에 살짝 의미 있는 미소를 짓는다.

"아니 어려웠어. 그러니까 공장도 다니고 허드렛일도 해가며 독학해서 대학까지 갔지."

할머니는 끝말 이어쓰기 시간을 즐거워한다.

"다음은 루로 시작합니다."

쉬이 생각이 안나나 보다.

"루비 보석 생각 안 나세요?"

"아~루비!"

루비반지—지방—방울—울산—산수—수박—박수—수감—감방—

수감이라고 쓰다가 감字가 생각나지 않은지 나를 쳐다본다. '감방' 하고 말했더니 그런 단어는 쓰지 말라 한다. 그런 험한 단어는 안 좋은 단어란다.

"아~죄송합니다. 다음부터는 주의하겠습니다. 네~ 순간적으로 제가 생각이 짧았습니다. 그런 단어는 입에 올리지 않겠습니다. 그럼 수로 시작하는 단어부터 다시 해보겠습니다."

수건—건반 이어서 건반 단어를 쓰고는 또 잠시 생각에 잠기는가 싶더니 그 옛날 피아노 노래 부르고 싶던 꿈을 들려준다.

"교복 입고 합창반에서 피아노를 치고 싶었는데, 가족들과 노래도 부르고 싶고….''

할머니는 손에 쥐고 있던 볼펜을 힘없이 떨어뜨린다. 소녀의 꿈을 청춘의 꿈을 가졌던 그 시절로 타임머신을 타고 날아가는가 보다. 그 시절의 꿈을 아직도 기억세포에 고스란히 온전히 저장해두었는데…, 이제는 갈수록 흐릿해진단다. 지금은 금방 들어도 돌아서면 모른다는 소리를 입에 달고 산다며 투덜댄다.

"다시 아까 하다만 끝말 이어가기를 합니다."

건반—반장—장남—남학교—교실—실과—과제—제사—사회—회사원—원장—장소—소학교. 소학교란 단어에서 느닷없이 나를 향해 튀어나온 할머니의 일성이다.

"그래, 집이는 소학교나 나왔수?"

순간 장난기가 발동한다.

"전 소학교보다는 유치워워원~~"

말꼬리를 흐리자 할머니 기억세포가 그 시절 살던 동네를 훑나보다.

"우리 동네는 유치원 없었어."

간단명료하게 말하면서 슬며시 말꼬리를 흐린다. 조금 피곤 하신가보다.

"이젠 그만할까요?"

다음에 또 하잔다. 좋아하는 바나나 간식을 드리니 옛날에는 바나나 한번 먹는 게 소원이었다며 행복해한다.

"네, 맞아요. 비쌌지요. 고급 과일이었지요. 부드럽고 맛나지요."

"그럼 맛나지."

눈으로 기억하고 맛으로 느낌을 아는데, 어느 순간은 머리가 하얘진다는 표현도 할 줄 아는 할머니. 나는 속으로 할머니를 축복한다. 과거와 현재를 넘나들면서 기억해낼 수 있는 단어를 쓸 수 있는 할머니. 그 단어와 연관된 기억을 끄집어낼 수 있는 할머니.

하루 세 시간의 인연이지만 할머니와의 끝말이어쓰기 시간 속에 녹아드는 정이 가끔씩 나에게 도전이 된다. 할머니의 기억이, 할머니의 일상이 더 이상 요동하지 아니하고 늘 지금만 같았으면 한다. 그 몹쓸 가난도 거뜬히 딛고 성공했으니 지금의 터널도 잘 견디어 내리라 꼭 그리 하시리라 믿어본다.

'할머니, 지금 현재 머리에 있는 잔존기억들 모두 끝까지 꽉 붙들고 계세요.'

박명화

추억은 세월도 비껴간다

어쩌다 나들이 할 수 있는 여유가 생겼다. 지나온 시간을 기억하며 발걸음이 절로 움직인 대로 따라가 본다. 내가 태어나서 이십여 년 살던 철로 주변 야트막한 아카시아 동산으로 간다. 그 곳은 동네 놀이터였다.

나는 가마니를 돌돌 말아 가지고 가서 동생들과 깔고 앉아 그윽한 향기를 킁킁킁 맡으며 달콤한 낮잠도 즐기기도 했다. 그러고 나면 기분이 한결 상쾌하고 부드러웠다. 남자아이들은 철로 위에 못을 올려놓아 기차가 지나면 납작해진 못을 칼로 쓰란다. 이 못칼로 나는 꽃잎을 썰어 밥도 짓고 국도 끓이는 소꿉놀이에 신난다.

그러다 집에 올 때는 깔고 놀던 가마니를 무슨 보물처럼 야무지게 꼭꼭꼭 챙긴다.

그렇게 아카시아 꽃은 우리와 친숙하고 우리의 사랑을 듬뿍 받았다. 그런데 우리 동네 아이들만큼 아카시아 꽃을 귀하게 여긴 민족이 있다. 호주 원주민들이다. 그들은 사랑하는 사람에게 프러포즈할 때 아카시아 꽃을 사용한단다. 아카시아 꽃말은 '비밀스런 사랑'이라서 그럴까? 고백하기까지 홀로 그 비밀스런 사랑에 얼마나 애태웠을까, 그래서 아카시아를 택했는지도 모르겠다.

시간에 맞춰 상행선 하행선 열차가 지나간다. 그럴 때면 만사 제치고 부리나케 철로 변 아카시아 언덕에 올라 두 손을 흔들었다. 그러면 열차승객들도 손을 흔들어 화답했는데…. 그 모든 것이 엽서 한 귀퉁이에 그려진 그림 같은 정경이다.

철로 아래로 흐르던 개울가에는 이름 모를 물고기들이 논다. 가끔 그 속에 이방인 같은 토종미꾸라지가 보인다 치면 동네 오빠 어른들이 쏜살같이 나서서 나무에 얽어맨 그물로 잡아 올린다. 양동이 속에서 팔딱거리는 미꾸라지에 왕소금을 팍팍 뿌리는 동네 악동들이다. 두어 시간 후 사각 양철깡통 네 귀퉁이를 절개하여 걸어놓은 솥단지 속으로 미꾸라지를 잠수시키고 동네아주머니들이 버문 양념장과 범벅이 되어 맛있게 익어간다. 쾌청한 하늘, 구름들이 한가로운 오후 한나절에, 솥단지 속 토종추어탕을 한 그릇씩 나눠 먹는 동네잔치는 축제 한마당이었는데….

박명화

55

그 언덕 맞은편 동네에는 그곳에서만 쭉 살아온 아주머니가 있다. 나는 그 아주머니 집 주위를 자주 서성거렸다. 그 집에 꾸며진 작은 거실 같은 사각꽃밭을 보기위해서다. 그 꽃밭에는 끝이 뾰족하고 화려한 붉은 깨꽃도 한 일품이고 알록달록 아롱진 채송화는 또 어떻고.

　회색빛 벽돌담은 군데군데 패어가고, 오래된 집 지붕은 낡아 비가 오면 줄줄 새서 천막을 뒤집어 씌웠지만, 그 또한 한 폭의 정겨운 그림 아닌가. 우마차가 있던 부잣집 최 씨 아주머니 댁 우사는 연탄 광으로 바뀌어도 언뜻언뜻 음매에 음매에 소울음소리가 명곡처럼 기억에 남는 것은 공해 자동차 소리에 신물 나서일게다. 공마당이라 부르던 넓은 공터, 하학 길에 경운기라도 지나가면 신나서 자가용처럼 타고 집에 왔는데, 철로 변에서 주워온 돌멩이로 공기놀이도 하고, 친구들 키보다 높은 고무줄을 뛰어넘는 놀이에 시간가는 줄 모르다가도 용케도 라디오 어린이 방송시간을 잊지 않고 집으로 바쁘게 돌아갔던 어린 그 시절이, 어쩜 이리도 그리울까.

　세월에 장사 없다더니, 아카시아동산도 세월에 밀려 없어졌다. 아카시아 꽃말대로 언젠가 모르게 비밀스럽게 아파트동네로 변했다. 개발이라는 명목아래 동네 전체가 커다란 주차장이 되고 아직도 허물지 못한 부서진 집집마다 나름 아픈 사연이 기억난다.

　아이들이 태어나면 아파서 저 세상으로 가니 제발 아이들 좀 붙들어 달라고 해서 붙들래집이 있었다. 지금 생각하면 그 부모들이 오죽했을까 싶다. 아이들 대신해서 죽을 수도 없고, 부모가 할 일은 오로지 기도뿐이었으리라. 누구한테 인지는 몰라도 그저 붙들어 달라고 살려달라고 했던 붙들래집은 어떻게 됐을까. 천막교회 근처에 반쪽만 남은 주택 두어 채도 곧 허물어 고층건물이 들어선단다.

간혹 대중교통을 이용하다가 그 동네 앞을 지나칠 때가 있다. 반사적으로 하차를 한다. 추억 때문이리라. 아침 학교가면서 친구들 집 앞에서 일일이 이름을 부르던 야트막한 길을 두어 번 걸어본다. 갈 수 있는 그 곳이 있어 좋다.

저녁나절 툇마루에 걸터앉아 밤하늘의 별을 세어보며 꿈을 키우던 곳. 이제는 그 별빛일랑 아파트에 가려져 추억 속에서만 영롱하다. 반딧불이도 선명하게 보이던 동네가 이제는 내가 가끔 즐겨 찾는 곳이다. 정겹고 온기 가득한 흔적은 머릿속에서만 존재하리라. 추억속의 나들이, 좋다.

박올리

psok0706@hanmail.net
2008년『순수문학』수필 · 2023년『문학이후』시 등단

한 송이가 한 그루이고 한 숲처럼 가득하다. 그러다 도도하게
온 잎 다 펴고 있는 모습에 문득, 나도 저렇듯 한 번 활짝 피
어 보기라도 했으면, 쪼그라져 사라지기 전에 한 번이라도 입
분이처럼 살아봤으면 하는 가당찮은 생각에 피식 웃음이 새어
나온다.

— 「입분이와 동백꽃」 中에서

입분이와 동백꽃

간혹 소설 같은 일이 벌어진다. 뜻밖의 행운이랄까 보응이랄까 비현실적 현실 말이다. 그냥 거부할 수 없어 받아들였을 뿐인데 여자로서도 인간으로서도 더할 나위 없는 대복의 주인공이 된다. 입분이 이야기이다.

욕심 많은 시골 부자 진사 맹태량은 김판서 댁 아들 미언을 사위로 맞아 권세를 누리고자 한다. 매사에 실수를 잘 하는 그는 권세가라는 가문에만 현혹되어 사윗감을 한 번도 보지 않은 채로 약혼을 결정하고 들뜬다. 그의 숙부는 맹 진사의 경거망동을 꾸짖지만 그런 충고에는 아랑곳하지 않는다. 그러다 판서 댁에서 은금보

화가 가득 넘친 예물을 보내오자 진사의 딸 갑분의 신세를 부러워하지 않는 사람이 없다.

혼례를 하루 앞둔 날, 김판서 댁과 같은 도라지골에 사는 한 유생이 맹진사네로 와서 판서 댁 아들이 절름발이라고 소문을 퍼뜨리자 온 집안은 발칵 뒤집히고 갑분이는 시집가지 않겠다고 난리이다. 급기야 병신에게 딸을 줄 수 없다고 판단한 맹진사는 갑분의 몸종인 입분이를 딸로 가장하여 시집보내기로 한다.

입분이는 갑분이처럼 꾸며졌다. 어제는 물일하고 잔심부름하던 몸종이었으나 시집가는 날, 오늘은 세상에서 가장 어여쁜 신부다. 이마엔 곤지 찍고 양 볼에 연지로 단장하고 족두리를 쓰고 붉은 혼례복을 입고 혼례청에 서 있노라니 천한 신분은 온데간데없다. 넓은 소매폭에 가려졌어도 누가 보아도 세상 제일 아름다운 신부다. 화장하지 않아도 어여쁜 입분이는 화장하니 돋아 보였다.

다음 날, 혼례청에 나타난 미언은 절름발이는커녕 늠름하고 당당한 장부가 아닌가. 놀란 맹 진사는 온당골 숙부 집에 피신시켜 놓은 딸을 급히 부르러 삼돌이를 보냈지만 그 사이 아무 것도 모르는 맹진사 부친이 혼례를 서두르는 바람에 갑분이가 왔을 때는 이미 혼례가 끝났다. 첫날밤에 입분이는 모든 사실을 말하지만 미언은 이미 다 알고 있었다며 두 사람은 부부의 연을 맺고 판서댁으로 향한다.

'맹진사댁 경사'는 오영진 작가의 희곡으로 1944년 연극으로 초연된 작품이다. 이후 이 희곡을 이병일 감독이 영화로 만들어 1957년 2월 11일 수도극장에서 개봉하여 흥행에 성공한다. 당시 4천 5백만 환 정도의 수익을 냈다고 하며 영화로는 독특한 장르에서, 또한 동족상잔의 폐허 속에서 이룩한 한국영화라는 점에서 높이 평가받았다. 한국 영화로는 사상 최초로 1957년 제4회 아시아영화제에서 특별희극상을 수상했는데 이 수상으로 당대 한국 영화인들은 엄청난 자극을 받았다고 한다. 아울러 1958년 제1회 부일영화상에서 맹진사 역의 김승호 씨가 남우주연상을 수상하고 2007년 문화재청 제348호 문화재 등재 필름이 된다.

'시집가는 날'은 '맹진사댁 경사'를 바탕으로 홍연택 작곡가가 오페라로 각색한 작품이다. 1993년 2월 15일 서울 예술의전당 전관 개관 기념으로 당시 국립오페라단 단장이던 오현명 성악가가 연출하여 무대에 올려 크게 호평을 얻었다. 권혜선 박세원 김성길 등, 당대 최고의 성악가가 출연하였고 음악과 의상 또한 아름다워 오래도록 세간의 화제가 되고 있다.

10여 년 전쯤에 거제도에서 검지만한 동백 모종을 7개 들고 왔다. 동백을 외지로 반출하는 것이 금지라는 말은 들었지만 그렇게까지 엄격하게 규제하지 않던 터라 검은 비닐봉지에 거제도 흙에 싸서 집으로 데려왔다. 큼직한 화분에 7개를 나란히 심었다. 한 해가 지나자 4개만 살아남았다. 두어 해 지나 제법 볼만 하여 각각 화분에 따로 옮겨 심었다. 볼 때마다 동백에게 '꽃도 피고 새도 날아와 주렴' 하고 속삭인다. 잎에 앉은 먼지를 닦아내고 가끔은 우유도 뿌려주고 햇빛을 따라 방향도 바꿔가며 운동도 시켰다. 도시로 온 동백들은 거제도 본토박이랑은 빛깔이나 성장 속도가 달라도 살아서 자라고 있다는 것에 경이로웠다.

5, 6년 지난 어느 날, 한 이파리 끝에 손톱만한 연두색 몽오리가 하나 맺혔다. 어제까지 없던 것이다. 새잎인가 아니 혹시 꽃일까 살피며 두 달이 지났다. 몽오리 끝에 약한 분홍빛이 돌면서 조금 벌어지는 것이 아닌가. 붉은빛을 서서히 띠기 시작하더니 보름 만에 꽃송이 형태로 변화된다. 동백꽃이 피는 것이다. 그렇게 첫 동백꽃이 내게로 왔다. 초록 빛깔 사이로 달린 연분홍빛이 혼례청의 입분이처럼 얌전하고 수줍어 보였다. 귀하디귀하게 간수하며 잘 자라도록 정성을 기울였다. 여기저기 아는 사람에게 자랑도 했다. 만개했을 때의 기쁨이란 아는 사람만 알 것이다. 그 한 송이로 인해 예전의 동백은 다 잊혔다. 검지 동백이 성목이 되어 꽃을 피우는 것이 그냥 자연의 법칙이라 말하기에는 인정머리가 없다. 모든 동백이 모두 꽃을 피우지는 않으니 말이다. 도시로 온 7개 중에서 4개만 살아남았고 그중 한 그루에서만 그것도 딱 한 송이 피었다. 분홍빛 한 점, 꽃이 신부처럼 화장을 한 것이다.

지난겨울, 11월 11일이었다. 다른 나무에서 또 동백이 꽃을 피웠다. 역시 한 송이다. 3년 동안 피지 않아 걱정이 많았는데 꽃을 보자 안타까운 기다림은 다 잊혀졌다. 새 동백꽃도 가지 끝에 수줍게 떨며 달려 있다. 낯선 풍경에 놀라고 있을까 입분이처럼 두려워하고 있을까 아니면 신세계에 대한 기대로 잔뜩 부풀어 있을지도 모른다. 거의 넉 달 동안 꽃의 일생을 사진에 담았다. 여리디여린 연분홍 수줍던 모습, 만개하여 절정에 이르던 모습 그리고 툭 떨어져 색도 바래고 말라 쪼그라진 모습까지.

꽃을 볼 때마다 제 욕심만 생각한 사람 손에 붙들려 고향도 가족도 뒤로 한 채 외로이 견뎌 온 시간에 대해 측은한 마음을 버릴 수 없다. 거기 거제도에서라면 훈훈한 남풍 속에서 짙푸른 녹색으로 성장하고 주렁주렁 멋들어진 꽃들을 내며 겁 없이 살고 있을 텐데 말이다. 동박새가 날아오면 함께 춤을 추고 행복해했을 거제도 갑분 동백이 베란다에 놓여 침잠하게 지내며 점점 도시 입분 동백으로 추락한 것 같다. 미안한 이 마음에 대답이라고 하듯 비록 한 송이일망정 피어주니 얼마나 어여쁜지. 한 송이가 한 그루이고 한 숲처럼 가득하다. 그러다 도도하게 온 잎 다 펴고 있는 모습에 문득, 나도 저렇듯 한 번 활짝 피어 보기라도 했으면, 쪼그라져 사라지기 전에 한 번이라도 입분이처럼 살아봤으면 하는 가당찮은 생각에 피식 웃음이 새어 나온다.

거울 앞에 앉아 있으면 좋기도 하고 싫기도 하다. 젊은 날은 유리 너머 어디론가 사라지고 아무리 웃어 봐도 울고 있는 칙칙한 모습이 덩그러니 이쪽을 보고 있어 서글프다. 갑분이를 꿈꾸던 또 다른 입분이가 자연사박물관의 살아있는 호모 사피엔스로 처연하

게 골 깊은 웃음을 짓고 있는 것이다. 갸륵하고 엄숙하다. 로마의
철학자이자 극작가였던 플라우투스(Plautus BC 254~184)는 '화
장을 하지 않는 여성은 소금을 치지 않은 음식과도 같다'라고 했
단다. 이런저런 사설을 붙인다 해도 화장을 한 여성이 좋다는 뜻
이다. 곱게 단장한 모습에 희번죽 웃음이 나오는 것은 어쩔 수 없
다. 덮으며 묻으며 바꾸는 일이 성가신 일이긴 해도 완성하고 나
면 향기롭고 만족하다.

기숙사 시절

째르릉

아침 6시 30분, 기상종이 귀를 찢을 듯이 울려 퍼지면 하얗게 칠을 한 ㄷ자형 기숙사 위아랫층에서 70여 명 여학생들이 잠이 덜 깬 부스스한 얼굴로 우르르 마당으로 모인다. 사감선생님은 흐트러짐 하나 없는 얼굴로 막대기를 들고서 인원 점검을 한다. 되바라진 학생들이 무단으로 외박하는 경우가 있어 아침 저녁 인원 점검에 여간 신경을 쓰는 것이 아니다. 그리고 국민체조를 하면 비로소 잠에서 깬 듯 왁자지껄 소란스럽다. 중학생 고등학생 섞여서 70여 명이니 재잘대는 소리가 어떠 했을지. 아침밥 지으려고 우왕좌왕 하는 소리, 머리 감느라 대야 부딪치는 소리로 시끌벅적하게 하루가 시작된다. 번개탄 냄새와 일산화탄소는 빼놓을 수 없이 건물에 자욱하게 흐른다.

학교가 신설이고 인근에서 가장 좋은 학교라는 평이 났으며 시골 학교 같지 않게 시스템을 갖추고 있어 여러 지역에서 학생들이 입학했다. 운정 마정은 물론이고 멀리 비무장지대 대성리에서 그리고 서울 은평구 갈현동에서 온 학생도 있다. 그런 경우 대부분 기숙사를 지원하는데 그렇다고 모두가 기숙사에 들어올 수 없다. 수용 인원에는 한계가 있기에 먼 거리와 성적을 감안하여 배정하였다. 기숙사에 들어오지 못하면 학교 아래 동네나 문산 시내에 방을 얻어 자취해야 한다.

나는 가족이 안양으로 이사 가는 바람에 모집 기간이 지난 4월이었어도 특채로 기숙사에 들어오게 되었다. 전학 가자고 했지만 마지막 학년이니 이곳에서 졸업하고 싶기도 했고 혼자 살아보고도 싶어 남겠다고 했다.

처음으로 집을 떠나 살게 되었다는 생각에 가족과의 이별에 대한 슬픔은 온데간데없고 대가족에서 살아온 터라 홀로 살게 되어 기대로 가슴이 벌렁거렸다. 집안 사정이야 어떻든 엄청난 뜻밖의 기회였다. 아무리 낯선 사람들과 함께 지낸다고 해도 상관없었다. 저녁 8시 귀가시간을 고집하는 호랑이 아버지의 간섭으로부터 벗어날 수 있으니 소설의 주인공처럼 살 수 있는 찬스라고 생각하였다.

박올리

중간에 들어오니 마땅한 방이 없어 1층 7호실로 배정받았다. 중3과 고1 학생이 이미 있었지만 코너방이라 다른 방에 비해 조금 커서 그 방으로 들어가게 되어 우리 방만 3명이 되었다. 고3 최고 학년이었어도 남아있는 구석진 공간에 자리를 잡고 자크가 달린 비닐 옷장과 앉은뱅이 책상을 놓았다. 그리고 이것저것 살림을 늘어놓았다. 살갑지 못한 성격인데 생면부지 후배들과의 동거에 불편한 낯색을 숨기느라 무척 애를 먹었다.

기숙사 생활은 학교 시설에서 방만 같이 쓰는 자취 생활이다. 쌀과 연탄 값은 나눠 내며 연탄불 갈기와 청소는 돌아가면서 하고 불을 꺼트리면 번개탄은 별도로 사야 한다. 이러다 보니 기숙사비 외에도 일상비가 많이 필요했다. 한창 식욕이 좋은 때니 매점에서 파는 간식을 못 본 척할 수는 없는 일, 용돈이 턱없이 부족하였다. 참고서 값을 부풀리기도 하고 학급비를 내야 한다며 받아서 지탱하였다. 이사를 가게 된 원인이 상점에 불이 났기 때문이고 돈을 아껴 써야 하는 것을 머리로는 알면서도 잘 되지 않아 여러 번 거짓말을 해서 돈을 받아냈다. 그래도 늘 부족하여 국민학생에게 국어를 가르치며 받은 4천 원과 시내로 시집 간 언니가 이따금씩 주는 용돈으로 겨우겨우 지탱하였다.

남에게 보여지는 삶이 얼마나 힘들던지. 사회화 학습 현장이 따로 없다. 연탄불 조절은 물론 방 전기불도 마음대로 끌 수도 켤 수도 없었다. 기숙사 종소리에 맞춰 소등 시간에 끄고 점등 시간에

켜야 했다. 체조 시간에는 아프지 않는 한 참석해야 하고 여자의 비밀스러운 일들도 번갈아 가며 자리를 피해줘야 할 수 있었다.

가장 불편한 것은 식사였다. 밥 때에 맞춰 밥과 반찬을 내놓고 같이 먹어야 한다. 동생들은 집이 가까워 매주 토요일마다 집에 가서 반찬을 가지고 오니 반찬이 좋았지만 나는 집이 멀어 한 달에 한 번만 갔기 때문에 항상 반찬이 없었다. 그래서 대충 만들어 먹는데 솜씨도 없고 시간도 없으니 같이 밥 먹는 것이 여간 고역이 아니었다. 그러니 배부르다며 점점 식사 시간에 자리를 피하게 되었다.

그래서 생긴 버릇이 슬그머니 나가 운동장을 걷는 것이었다. 공동묘지를 학교로 만들었다고 별별 괴담이 교실마다 퍼져 특히 밤에는 엄두를 내지 못하지만 달리 갈 곳도 없고 거의 매일 걷다 보니 무섭던 운동장도 친숙하고 다정하게 느껴졌다. 걸으며 생각하고 걸으며 노래 불렀다. 아무도 없는 곳에서 싸아한 밤공기를 맡으며 걷기도 하고 바람이 부는 날 노래를 부르면서 걷다 보면 그렇게 자유로울 수 없었다. 칼릴 지브란이 나만큼 자유로웠을까 싶었다.

특히 시험 기간이면 밤 1시쯤 일어나 학교 운동장으로 나간다. 사면이 쥐 죽은 듯이 고요한데 두어 바퀴 돌고 깊이 생각에 잠겨 있다 방으로 들어오면 다들 깊은 잠에 곯아떨어져 촛불을 켜도 알아채지 못한다. 그때부터 하얀 기숙사는 통째로 내 것이 되었다.

박올리

아무도 간섭하지 않는 독립된 곳에서 새벽까지 공부하는 즐거움
은 표현이 어려울 정도이다. 덕분에 성적은 항상 좋았다.

기숙사 생활이 다 피곤한 것은 아니다. 학교가 코앞에 있으니 3
분이면 등교가 되고 기숙사생이라고 도시락 검사도 하지 않는다.
(잡곡밥을 싸오는지 항상 검사를 했다.) 비가 와도 우산 걱정 없고
초만원 버스 타려고 아우성 댈 일도 없다. 학교 주변 야산은 사색
의 장소가 되었고 특히 오른쪽 야산 오솔길은 부드러운 솔잎이 깔
려 있고 은방울꽃 군락지라 나만의 비밀의 동산이 되었다.

학교를 끼고 20여 호 있는 동네에 선생님 몇 분이 하숙을 하고
있어서 오가며 마주치니 그분들과 친해졌다. 한 번은 좋아하는 차
선생님 생일을 기억하여 미역국에 반찬까지 만들어 하숙집으로
생일상을 가져다 드렸는데 선생님이 깜짝 놀라며 좋아하였다. 학
교 맞은편으로 5리쯤 가면 붉은밭이라는 동네가 있는데 거기 사
는 후배가 자주 늦도록 놀다 가곤 했다. 바래다주던 길이 어찌나
아름다운지 시골 정취를 한껏 누렸다.

늦은 봄부터 여름 가을 겨울, 사계를 보내고 겨울방학이 되자
내년 봄을 기약하며 하나 둘 짐을 챙겨 떠났다. 동네의 선생님들
도 썰물처럼 빠져나갔다. 학교도 기숙사도 동네도 텅 비었다. 여
름방학에도 집에 가지 않던 나였지만 학과가 끝났으니 이제는 가
지 않을 수 없어 마지막 인사를 하고 기숙사를 나왔다.

그렇게 떠나와 50년이 다 되도록 마음에만 두다가 지난 겨울

무작정 가보았다. 얕은 언덕을 따라 오른쪽으로 돌면 보이는 학교는 여전히 그 자리에 있다. 남녀종합고등학교로 명칭을 바꾸고 그 넓은 운동장에 인조잔디를 깔았으며 부속 건물이 몇 개나 더 지어졌다. 기숙사도 현대식으로 번듯하게 지어 교실 본건물과 투명 유리 다리로 연결시켜 놓았다. 비가 와도 뛸 일 없겠구나 싶다. 운동장엔 여전히 깨끗하고 매서운 바람이 돌고 있다. 그 때처럼 고요하다. 훌륭한 인재들이 많이 배출되며 오래도록 남아 있어 좋은 학교라는 소문이 들리길 바라는 마음이다.

겨울방학 중이라 학생들은 보이지 않아도 바람은 예전처럼 휘돌아와 반겨주고 있다. 6년간 다닌 학교에서의 생활이 대부분 잊혀졌어도 기숙사 시절 1년은 판화처럼 선명하다. 무엇이든 꿈 꾼 대로 다 될 줄 알았던 시절, 부끄러운 날들도 많았는데 시간이 지나니 그것조차도 아름답게 느껴진다. 돌아오는 길에 조용히 옛날의 노래를 불러본다. 매기는 사라지고 동산엔 잡풀이 우거졌으며 내 놀던 곳의 물레방아는 멈췄지만 붉은밭 동네로 가는 길은 여전히 저리도 멋들어지니 그것으로 족하다. 따뜻한 봄에 다시 와서 은방울 동산을 걸어보리라. 한 움큼 꺾어 기숙사 7호실 문 앞에 놓고 와야지….

안녕 샘내 짝사랑

어쩌면 물이 이렇게 맑아? 여중생 대여섯 명이 얼굴을 숙이고 서 머리를 감는다. 학교 옆으로 흐르는 개울은 어제 내린 큰비로 강바닥 속살이 훤하게 보인다. 물살도 빠르고 콰르릉콰르릉 소리도 요란하다. 보통은 발목도 차지 않아 개울인 줄 알았더니 여름 한 철엔 제법 강 티를 낸다. 야, 니네 느끼니? 물이 왜 이렇게 부드러워? 빗물 반 강물 반인 물에 한 줄로 엎드려 비누로 머리를 감는데 신기하게도 머릿결이 부드럽다. 샘내 물이 그런가?

못 되어도 50년은 다 된 이야기다.

서른 명 가량이 2박 3일 여름수련회를 샘내 어느 초등학교 근처 야영장에서 했다. 여느 수련회처럼 어른 몇 분이 따라와 돌봐준다. 옥수도 삶아 먹고 양은솥에 삶은 감자도 먹었다. 당시로서는 드물게 카레 같은 양요리도 맛보았다. 틈틈이 신앙교육도 있지만 우리 관심은 온통 노는 데 팔려 있다. 앙팡진 우리는 그 사이에도 방학 숙제를 위해 책갈피에다 채집한 식물과 나비를 곧게 펴 끼워둔다.

장마철 여름은 변덕쟁이다. 하루에도 여러 번 날씨가 왔다 갔다 한다. 땀을 비지처럼 흘리게 하더니 금세 후두둑 소나기가 퍼붓는다. 덕분에 길섶 풀들이 줄기줄기 활기차게 뻗어나 한창 악이 올라 사람 손을 벤다. 좋다고 만지면 상처를 내니 사랑의 표시는 상처를 남기는 것이 자연의 이치인가 보다.

그때 우리는 이제 막 사랑을 할 나이에 이르렀다. 수줍게 첫사랑을 기대하며 키들거리느라 밤을 지새우고 낮에 들은 강령은 귀에 들어오지 않고 그저 오늘 밤 어떻게 남자아이들과 놀까 하여 모든 신경이 거기 다 가 있다. 암암리에 밀지가 오가고 눈짓이 교차하여 여름 두 밤은 불꽃처럼 아름답게 타오른다. 거기다 마지막 밤은 캠프파이어를 한다. 불빛 어른거리는 여름밤 풍경은 얼마나 황홀하던지, 그야말로 영화 같은 밤이다. 무엇이 그리도 재미있는지 웃음소리가 밤하늘을 찢을 지경이다.

단발머리 여중생이어도 우리 중에 되바라진 애들 몇은 방학 전에 요리조리 검열을 피해 다니며 머리를 길러 제법 긴 머리 소녀가 된다. 잘 빼입는다고 했어도 촌티는 난다. 울긋불긋 핫팬츠에 긴 머리 단발머리 어울려 보내는 청춘의 빛나는 날이 태양빛 아래 춤추듯 흐른다.

둘째 날인가, 학교 담장을 왼쪽으로 끼고 난 흙길을 따라 올라갔다. 무슨 목적이었는지는 생각이 나지 않는다. 실뱀을 조심하느라 막대기를 하나씩 잡고 휘저어가며 걷는다. 거기 그 오빠도 있다. 키만 컸지 비쩍 마른 그가 무리에 섞여 걷고 있다. 어제 처음 본 순간부터 마음이 쿵쿵거렸다. 허스키한 목소리에 움푹 들어간 눈, 그냥 좋았다. 구불구불한 길을 가는 내내 그 오빠가 말을 걸어오지 않을까 온 신경이 더듬이처럼 그리로만 향한다. 그래서 험한 길도 뜨거운 공기도 하나도 싫지 않다.

하지만 그 오빠가 마음에 둔 사람은 다른 아이다. 금방 알아차렸다. 다행이구나. 좋아하는 기색을 감추었으니 망정이지 방정맞게 드러냈으면 얼마나 부끄러웠을까 생각하니 얼굴이 화끈거리고 그 여자애에 대해 은근 부아도 났다. 한여름 밤의 꿈은 그야 말로 한여름 밤의 헛꿈으로 끝났다.

하지만 감정이란 것이 쉽게 책장 넘기듯이 넘겨지는 것이 아니어서 이후로도 오랫동안 그 오빠는 상상 속에서 첫사랑의 주인공으로 남아 있게 된다. 자주 마주치기도 한 데다 성품이 다정하여 모든 여자애들에게 하듯 내게도 친절히 대하니 자꾸만 마음이 쏠리는 것이다. 차라리 매몰찼으면 포기가 쉬웠을 텐데. 4, 5년을 거의 매일 아무 감정 없는 척하며 마주치자니 정말 힘들었다. 어쩌다 특별히 다정한 표정을 보여주는 날에는 그 밤은 꼬박 잠을 이루지 못하기 일쑤이다. 풀에 벤 상처처럼 가만히 손을 오므려 꼭꼭 숨긴다. 짝사랑만큼 순결한 사랑은 없다고 한다. 얼마나 맹목적인가 말이다. 그토록 아름다운 마음이 존재할 수 있다니 설명이 불가하다.

반 백 년이 지나가고 있다.

소식을 들으니 그 오빠는 시골 어느 교회 목사님이란다. 따르릉. 누구세요? 목소리를 들으니 너구나. 그렇게 말하니 더욱 못 잊습니다. 잘 지내라. 딸각. 그러나 한 번도 실행해 보지 못하고 있다. 전화만 하면 들을 수 있는데 말이다. 생생하게 기억하고 있는 그리운 그 목소리. 여전히 나의 마음을 모르고 있을 그가 늙어도 아름다운 소년으로 남아 있기를 바라는 것은 첫사랑에 대한 경건한 예의라고 생각해주기를.

밤이 깊어가고 빗소리를 따라 상념이 춤을 춘다. 단발머리는 오래전부터 서리가 내렸는데 어찌 마음은 그대로일까? 문득문득 샘내 좁은 흙길을 걷고 있는 소녀는 누구인가? 왜 그날 거기서 웃던 사람들이 아직도 여기 마음 한 곳에서 여전히 웃고 있을까? 샘내 초등학교가 지금도 있을까? 학교 옆으로 흐르던 개울은 아직 있을까? 어느 여름날을 웃음으로 밝히던 동무들은 어디서 무엇을 하고 있을까? 그들은 사랑을 찾아 살고 있을까? 아니 아직 살아는 있을까?

　오늘 마음이 어수선하다. 다 비 때문이다. 비가 모든 것을 싣고 오기 때문이다. 비는 바람을 데려오고 바람은 나뭇잎을 흔들고 나뭇잎은 나를 흔들어 고독한 이 여름밤에 동지로 만든다. 혼자는 쓸쓸하니까 함께 지켜보자고, 함께 기억해보자고 한다. 어쩌면 따르릉, 그가 전화할지도 모를 어느 날을 함께 기다려 보자는 듯 젖은 잎새가 희미한 창 너머에서 일렁이고 있다.

박점득

happy2197@hanmail.net

2006년『문학산책』시 · 2007년『에세이문예』수필 등단
2013년 국민일보 신춘문예 신앙시 수상. 2016년 7월의 시인 선정
시집『쉿!』『맏이』『하와』

바람처럼 달리는 고속열차를 멀끔히 바라보며 부러워할 간이역
과 잘난 남편 만나 으스대는 여자들을 무심한 척 부러워할 선
희엄마가 어찌 그리 똑같을까.

— 「평강공주를 찾아」에서

할민 할미스타일

　가을공원이 부른다. 건강을 위해서라니, 귀찮지만 무거운 몸으로 운동기구에 오른다. 흔들흔들 운동기구는 움직이고 나뭇잎은 나풀거리다 톡 톡 톡 또르르 뭔가를 떨어뜨린다. 이제까지 도토리나무도 몰라본 무딘 할미는 여기저기서 허리 굽혀 뭔가를 줍는 사람들을 보고서야 뭘 줍지? 궁금해 한다. 그때 지인 한 사람이 공원뒷산에 올라 밤과 도토리를 이만큼 주웠다고 큼직한 자루 두개를 보이며 추석에 쓸 거라고 자랑이 늘어진다.

　휘익, 바람 한 자락이 스치자 톡 톡 도토리 떨어지는 소리다. 할미는 시샘이라도 부리듯 얼른 운동기구에서 내려와 통통하고 큼직한 도토리를 줍는다. 물 한 모금 마시고 하늘 한번 보는 새처럼 도토리 하나 줍고 하늘 한번 본다. 여름하늘보다 아득히 높아 슬프도록 멀게만 느껴진 가을하늘이다.

어? 이제까지 몰랐던 도토리에게 이런 재미가 있어? 줍는 재미가 쏠쏠하다. 또 도토리 찾으러 낙엽 진 바닥을 요리조리 뒤진다. 까꿍! 여기 또 있네. 도토리 하나 줍고 하늘 한번 보고 역시 가을하늘은 높다. 천고마비 가을 맞다. 하늘은 저기 있는데 말馬은 어디 있지? 말을 찾아 떠난다.

'강남스타일'이 세상을 한창 들썩이게 할 때다.

TV가 말춤을 방영한다. 파리의 센 강변에 있는 에펠탑 맞은편, 프랑스 혁명 100주년 기념으로 프랑스 군대가 스페인 트로카데로 성을 함락한 트로카데로 광장에서다. 싸이가 펼친 '강남스타일' 플래시몹, 엉뚱한 이벤트 광경이다.

국적을 초월한 이만여 명의 젊은이들과 함께 싸이가 '강남스타일' 노래에 맞춰 방방 말춤을 춘다. 춤 같지 않은 춤, 저것도 춤이라고 고삐 풀린 말들이 벌떡벌떡 몸을 푼다. 회초리 내리치는 손짓하며 달그락달그락 금방이라도 들린 듯한 말발굽 소리가 말춤이라는 이름으로 세상을 까무러지게 하는 영상이다. 저 신나는 영상에 우리 가수가 중심에서 말춤을 추고 있다니 대리 만족이랄까 으쓱하다.

트로카데로 광장 그곳은, 벌써 오래전 서유럽여행 중에 들른 곳이라 할미하고는 이미 구면이라 반갑다. 파리하면 에펠탑 아닌가. 언제라고 또 오겠는가 싶어 원도 한도 없이 에펠탑을 눈에 담는다. 잔디밭 한 곳에서 어느 금발미녀는 허연 허벅지를 드러내고 개미허리를 ㄱ자로 요리조리 뒤틀며 두 손을 뻗었다 오므렸다 하는 게 화보라도 찍는가보다. 할미는 그녀를 배경으로 사진을 찍으며 즐기던 곳을 싸이 말춤 덕에 TV에서 다시 본 것이다.

어느 날, 콘서트 초대 티켓 두 장을 선물 받았다. 시린 눈으로 한참 들여다봐도 공연시간이 밤 여덟시다. 이 나이에 그 시간 과천까지 갈일 있어? 자문자답하다 아냐, 이참에 야광 등 한번 흔들어 봐? 말춤 추는 싸이는 아니지만 얼굴이 길어서 슬픈 짐승, '말'이라는 별명을 가진 가수이니 어쨌든 말馬이잖아? 그는 잠실종합운동장에서 오만 석을 매진시킨 흥행보증수표 가수라는데. 동생과 함께 킥킥대며 그날을 은근히 기다린다.

검푸른 하늘에 걸린 별빛을 수험표처럼 가슴에 달고 고사장에 들어선 우리는 두려움 반 호기심 반 두근두근 콘서트 장에 들어선다. 둘레둘레 주위를 둘러보니 다행히 반백의 머리가 간간이 보인다. 시민회관 대극장은 빈자리 하나 없이 채워지고 콘서트를 시작하자마자 실내는 단풍잎처럼 붉게 물들고 분위기는 후끈 달아오른다. 사람들은 그대로 앉아있을 수 없는지 서서히 한두 명씩 일어서기 시작한다. 좌우로 춤추는 야광 등은 어두운 허공에 색색이 긴 여운의 꼬리로 가을을 채색한다. 우리도 자연스레 저들 따라

흉내를 내본다.

—후회 없이 저 타는 노을 붉은 노을처럼 난 너를 사랑하네. 이 세상은 너뿐이야 소리쳐 부르지만 저 대답 없는 노을만 붉게 타네—

벌겋게 달아오른 분위기는 파리의 트로카데로 광장을, 잠실종합운동장을 이곳으로 옮겨 놓은 듯하다. 가수가 부른 '붉은 노을' 따라 관객들은 팔딱팔딱 뛰기 시작하는데 저러다가는 실신이라도 할 것 같아 걱정된다. 관객과 가수가 어우러진 합창은 바다의 성난 파도처럼 너울진다. 그 물결 속으로 한발 한발 끌려 들어가 그만 삐걱 빠져들었다고나 할까. 이 늦은 시각에 누가 엿보랴. 노랫말처럼 후회 없이 아무리 소리쳐 불러도 대답 없는 노을을 붉은 재가 될 때까지 용광로는 펄펄 끓고 있다.

이날까지 묶여있던 어떤 문화를 어떤 무딘 가치관을 어두움 속에서 움찔움찔 깨본다. 어딘가에 숨어있는 또 하나의 나를 끄집어내느라 한 번도 저어본 적 없는 몸짓으로 서툰 객기를 부린다. 넘어보지 못한 높은 담장에 꽁지발을 세워 비틀비틀 넘으려다 도저히 넘을 수 없어 그만 털썩 자리에 주저앉는다.

약속한 공연시간은 진즉 끝났는데 밤하늘의 스타는 몇 번의 앙코르를 순순히 받아주는 아량이 고맙다. 땀범벅인 관객들은 하나둘 웃옷을 벗고 가수의 흰 셔츠는 땀통에서 막 건진 것처럼 몸에 찰싹 달라붙어 불그레한 살빛을 그대로 내비치는 가을밤이다.

집에 돌아오는 카스테레오에서 이제 꿈 깨라는 듯 성 프란시스코의 시 '평화의 기도'가 흘러나온다. '주여, 나를 평화의 도구로 써 주소서… / 미움이 있는 곳에 사랑을… / 주여, 나를 평화의 도구로 써주소서.

천고마비 가을에 말춤 대신 깨춤 추듯 운동기구를 좌우로 흔든다. 그러다 톡 소리가 나면 후다닥 도토리를 주워 종이컵에 담는다. 가득차면 필요한 이에게 준다. 그리고 다시 운동기구를 깨춤 추듯 탄다. 할미는 옵옵옵 오빠 강남스타일이 아닌 할할할 할민 할미스타일로 쿵쿵 말춤 아닌 깨춤을 춘다. 할할할 할민 할미스타일…. 할미의 천고마비는 이렇게 익어가고 있다.

槍과 防牌

우리 동네 가로수는 은행나무이다. 가을이면 황금잎으로 동네를 아름답게 치장해주는 나무다. 추위가 다가오면 사람은 옷을 껴입고 나무는 옷을 벗는다.

은행나무 역시 가을바람이라도 불라치면 그 귀한 황금옷을 미련 없이 벗어 우수수 낙엽 비처럼 떨어뜨린다. 황금 잎은 썰렁한 허공을 배회하다 한잎 두잎 길바닥에 황금보료를 깐다. 와, 폭신폭신한 이 고급스러운 황금보료에 앉아 무슨 황후라도 된 듯 찰칵 사진 한 컷 누른다. 그리고 잘생기고 예쁜 황금 은행잎을 요리조리 고르며 줍는다. 가을이면 내가 황금 은행잎을 줍는 이유가 있다.

한밤중에 목이 탄다. 불을 켜는 순간 듣기만 해도 혐오스러운 바퀴벌레 한 마리가 소스라치게 숨는다. 여태껏 없던 광경이다. 깜짝 놀라 후다닥 난리 피우는 눈 깜짝할 사이에 그 밉상은 사라지고 없다. 한마리가 보이면 스무 마리가 있다는데, 어찌 그 한밤을 보낼지 생각만 해도 옴짝달싹 못하겠다.

뒷날, 소름 돋는 밉상의 박멸제를 군데군데 바로 붙인다. 그리고 또 한 가지 방법으로 계란 노른자와 붕산을 혼합하고자 준비하는데 마침 그때 지나가던 지인이 집에 들렀다. 그리고 아주 간단한 방법이라며 은행잎을 놔두면 바퀴벌레가 없어진단다. 그래? 미심쩍다는 내 눈치를 어떻게 알아챘는지 그녀는 바짝 다가와 마치 자기 일처럼 다짐하듯 누누이 말한다. 말 대접으로라도 그리 시행해야 할 것 같다.

인터넷에서 은행잎과 바퀴벌레에 대하여 자료를 뒤적거린다.

은행잎과 바퀴벌레는 살아있는 화석이란다.

은행나무는 지구와 함께한 역사적 식물이다. 고생대의 페름기 대멸종 환경도 극복하고 일본 히로시마 원폭에도 살아남은 나무라니 놀랄 일이다.

바퀴벌레 또한 공룡이 살던 중생대 백악기에 출몰하여 지금까지 살아있는 생명체란다. 그리고 보면 고생대 은행나무가 중생대 바퀴벌레보다 대선배격이다. 어쨌든 두 생명체는 살아있는 화석이 맞다.

은행잎을 풍성하게 줍는다. 빨간 양파자루 망 댓 개를 준비하여 은행잎을 나누어 넣어서 어둡고 칙칙한 곳곳에 놓는다. 그리고는 바퀴벌레가 나오나 어쩌나 엉덩이를 가볍게 촐싹촐싹, 불을 몇 번 이고 켰다 껐다 오만 자발을 떤다. 늦은 밤까지 기다린다. 좀이 쑤신다. 그런데 신기하다. 괴괴하다. 하기야 이제까지 없었으니까 그럴 수 있다. 엊그제께는 어쩌다 나타나긴 했지만, 그래도 바로 은행잎 효과를 본 것 같은 기분이다. 촉수가 예민한 고 녀석들이 번들거린 슬픈 등짝을 하고 나락 끝으로 모두 떨어졌을까. 그렇게 한해가 조용히 지나간다. 아니 벌써 몇 해째이다. 그해부터 연례행사처럼 황금의 은행잎을 줍는다. 허리 굽혀 줍다 쪼그려 앉아 줍다 발밑에서 은행잎 부스러진 소리를 들으면 레미 드 구르몽의 시 '낙엽'을 음미하는 멋을 부리기도 한다.

......

시몬, 너는 좋으냐?

낙엽 밟는 소리가?

발로 밟으면 낙엽은 영혼처럼 운다

낙엽은 날개 소리

여자의 옷자락 소리를 낸다

......

은행나무와 바퀴벌레는 새까만 세월을 넘어 나와 같은 시대에 살고 있다.

창과 방패 같은 바퀴벌레와 은행잎.

나는 해마다 그들에게 싸움을 붙인다. 그들의 싸움은 팽팽할 것 같지만 은행잎이 KO승으로 이기게 되어있다. 중생대와 고생대의 대결이랄까. 오뉴월 하룻볕이 어디인데, 중생대가 감히 고생대에게 창을 쏘아대겠는가. 그렇다고 뚫릴 방패도 아니고.

작년의 은행잎은 바짝 말라 더듬더듬 손만 닿아도 영혼의 소리처럼 울며 바스라진다. 희끄무레하게 바란 화장기 없는 은행잎에서 파르르 발생하는 고생대 위력에 바퀴벌레들이 혼비백산 꽁지 빠지게 달아났는가 보다.

IQ 340이라는 영악한 바퀴벌레는 알고 있다.

굴러야 그 곳을 정복하여 집 지을 수 있다는 것을. 그러나 떠날 시간을 알고 바로 행동으로 옮긴다. 갈 곳을 몰라도 서둘러 독침 챙기고 무작정 나서는 길에 뜨거운 눈물 흘렸으리라. 멀리 저 멀리 기적을 울리는 열차에 오르며 허리를 90도로 굽히며 절규하는 바퀴벌레 영혼의 소리가 들린다.

'고생대 어르신, 저희가 떠납니다. 울울창창하게 잘 사십시오.'

발에 밟히면 영혼처럼 울어줄 은행잎을 따라나서는 고즈넉한 가을이다.

평강공주를 찾아

다람쥐 쳇바퀴 같은 일상이다. 온몸이 찌뿌듯하여 팔다리가 비비 꼬인다. 나이 맞지 않게 오두방정을 떨어도 시원치가 않다. 이럴 땐 벌떡 일어나 몸에 걸친 모든 것 훌훌 벗어던지고 어디론가 호르르 날아가는 것이 신의 한수다. 무슨 뱃심으로 용기가 생겼을까. 불끈 행동으로 옮긴다.

어느 토요일, 마음이 시키는 대로 몸 담근 곳을 떠나 먼 옛날 한 4년 살던 대전을 향해 떠난다. 그곳에는 내가 이사 올 때 무던히도 울던 동생 같은 선희엄마가 있다. 그녀와 어쩌다 소식은 끊겼다. 아직도 그곳에 사는지 어쩐지는 모르지만 우선 기분전환으로 그냥 막무가내기로 가볼 참이다. 그만큼 세상만사 진력났나 보다.

오랜만에 쉬엄쉬엄 완행열차 무궁화호 왕복차표를 끊는다. 고작 승차권 하나 가졌을 뿐인데 이만만 해도 모든 여행준비를 끝낸 듯 온몸이 홀가분하다. 완행열차는 고속열차처럼 냅다 달리기보다 간간이 주위를 둘러보는 간이역이 있어 일부러 느린 열차를 택한 것이다.

거무튀튀한 열차에 오른다. 하나같이 생소한 사람들이다. 분위기는 익숙하지 않지만 왠지 마음이 편하다. 완행열차이어도 좌석 간의 간격이 넓어 고속열차보다 다리 뻗기가 훨씬 좋다. 차창 밖 넓은 하늘에는 하얀 솜뭉치들이 뭉게뭉게 연신 장관을 연출하며 시선을 끈다.

그런데 왜 그 틈사이로 선희엄마가 오버랩 될까. 부쩍 그녀가 더 보고 싶어진다. 작달막한 키에 가냘픈 몸으로 항상 동동거린 여인, 까딱했으면 셋째아이를 밭에서 출산할 뻔했다는 일화를 들을 때는 할 말을 잃고 그녀를 빤히 쳐다본 기억이 생생하다. 그만큼 억척이 몸에 배인 일만 아는 여인이다. 그러나 알고 보면 여리고 착하기만 하여 마음에 안 차는 남편도 불평 한마디 없이 그러려니 품는다. 비보 온달을 온달장군으로 만드는 평강공주처럼 말이다.

역무원도 없고 이름도 없는 간이역에서 열차가 멈춘다. 그래도

드문드문 코스모스가 하늘거리는 평화의 여백이 있고 누군가 올 거라는 희망에 그 자리를 꿋꿋이 지키고 서있는 것이 어쩜 선희엄마와 닮았다. 바람처럼 달리는 고속열차를 멀끔히 바라보며 부러워할 간이역과 잘난 남편 만나 으스대는 여자들을 무심한 척 부러워할 선희엄마가 어찌 그리 똑같을까.

이 시대에, 있어도 그만 없어도 그만인 비정규직 같은 간이역을 몇 개 지나치고 옛날 살던 동네에 왔다. 대전의 젖줄이라는 만년강은 그때처럼 유유히 흐르는데 옛 동네는 그 동네가 아니다. 포도밭 주인이던 면장 할아버지도 호랑이 인상이던 면장 할머니도 그리운 선희엄마도 없다. 누구에게 물어본들 어디 알겠는가. 휑한 동네, 수없이 변했을 강산에 그래도 미련이 남아 몇 번 둘러보고 당연한 일이라 마음 접는다. 언젠가 우연이라도 만나기를 약속할 수밖에.

이제 육신도 흐리멍텅 지쳤는지 가잔다. 대전역 광장 이곳저곳을 기웃거린다. 광장 한쪽에는 '대전사랑 추억의 노래비'가 있다. 그 노래비에는 1963년 대전발 영시 오십분이라는 '대전 브루스'의 가사가 적혀 있다. 젊은 날에는 듣지 않던 대중가요 가사를 꼼꼼히 챙겨 읽는다. 뼛속까지 절절이 스며들어 '떠나가는 새벽열차 영시 오십분' 대목에서는 눈가가 시큰하다. 세월 탓이리라.

한국철도 100주년을 기해서 대전역광장의 토요일은 분주하다.

노래자랑행사를 치른다고 현수막은 너풀거리고 은은하게 깔리는 대전 아바타 '대전브루스'는 색소폰으로 애절하게 한껏 분위기를 띄운다. 사람들은 자석처럼 광장으로 끌려간다. 쾡 쾌쾡 쾡쾡 쾡 꽹과리가 이끄는 이십여 명의 농악대가 날렵한 몸놀림으로 등장하고 한쪽에서는 난타를 치고 상모 꾼들은 휠휠 난다. 눈요기만 해도 어깨가 들썩들썩 신난다.

그러다 어찌 기차표를 생각했을까. 아차, 출발시간 10분 전이다. 너무 여유를 부렸나 보다. 후다닥 자리를 뜬다. 광장에서 기차 타는 곳까지 머리로는 마라톤인데 발이 도저히 따라오지 못한다. 꿈속처럼 발이 무겁다. 허겁지겁 개찰구를 빠져나온다. 마침 나를 기다리고 있다는 듯 기차가 서있다. 앞뒤 살필 겨를 없이 훌떡 오르자마자 이내 열차는 서서히 움직인다. 하마터면 놓칠 뻔했다고 안도의 숨을 내리 쉬기도 전에 무언가 이상한 낌새가 느껴진다. 뭐지?

기차 내부 폭은 작지만 분위기가 깔끔하다. 아, 고속열차다. 17시 39분 무궁화호가 아닌 아이쿠 6분 빠른 17시 33분 KTX다. 대전역에서 광명역까지 무궁화로 1시간 40분 걸린 시간을 45분으로 달리는 고속열차다. 고속이란 이름으로 완행보다 55분 빨리 도착해야 한다고 달리는 폼이 영락없이 현대인과 어찌 그리 똑같은지 정신없다.

우선 빈자리를 찾아 조용히 앉는다. 당연히 승무원이 저쪽에서 온다. 그와 지극히 작은 소리로 자초지종 얘기가 오고가고 추가요

금을 치른다. 간이역의 낭만은 선희엄마랑 어디론가 사라지고 바쁜 일상으로 돌아가느라 휙휙 달리는 바깥 풍경을 빠끔히 내다본다. 눈이 핑핑 돈다. 역시 고속열차는 빠르다. 그리할지라도 머릿속은 한가하게 아까 대전역 광장에서 들은 '대전 브루스'노랫말을 곱씹으며 흥얼거리고 있다. 오죽하면 이별의 말도 못하고 새벽 영시 오십분에 대전발 완행열차를 탔을까. 영시 오십분과 완행열차, 어쩜 기가 막힌 천생연분이다. 그 시간에 완행열차가 정말 있었는지 알아보고 싶다. 그 시간에 떠난 사람은 남자였을까 여자였을까. 누구인지는 몰라도 그가 짠하다.

하다가 퍼떡 나를 본다.

뭐야, 벌건 대낮에 완행열차도 못 탄 내가 짠하지, 누가 누구더러 짠하다 하는 거야? 그리고서는 피식 웃는다. 총알 같은 고속열차에서 혼자서 주거니 받거니 하다 보니 벌써 광명역이란다. 빠르긴 빠르다. 다들 바삐 내린다. 간이역의 낭만도 선희엄마의 그리움도 잊어버린 채…. 나도 덩달아 그들처럼 바쁘다 바빠.

박　현

qqiiiii@hanmail.net
2013년 마로니에전국여성백일장 산문 장원
2013년 『에세이문학』 등단

여름 끝 무렵 차로 다리를 지나며 내려다보니 노란 궁둥이를 하늘로 쳐든 맷돌호박이 내 허리만큼 자란 풀 사이에서도 눈부신 자태를 뽐내며 보석처럼 빛난다. 주인이 신경을 안 썼는데도 부모 없는 아이처럼 철들어 자기들끼리 의지하며 자랐나 보다.

— 「맷돌호박」 中에서

수상한 동거

어떤 여자와 세 달 정도 같이 살았다. 방을 세놓은 것도 아니고 집이 넓어 노는 방이 있는 것도 아니다. 유방암 3기라는 그 여자는 한국에서는 갈 곳이 없다며 병을 치료할 동안만 있겠다며 남편이 모셔 왔다.

남편은 예전에 베트남에서 10년 넘게 일하다가 귀국 전에는 방글라데시에 있는 공장 법인장으로 이직했는데 공원만 3천 명이 넘는 큰 회사였다. 통장에 입금된 월급이 7백만 원이었다. 지금도 적은 돈이 아니지만 13년 전이니 꽤 큰 돈 이었다. 그런데 통장에 찍힌 숫자 잉크가 채 마르기도 전에 남편이 회사를 그만두었다.

원인이야 여러 가지지만 공장에서 폭동이 일어났는데 무서워서 일을 못하겠다는 것이다. 방글라데시에서는 종종 회사 직원들이 폭동을 일으키는데 깡패를 동원해 사람을 죽이거나 다치는 것은 예사라고 한다.

그 당시 남편 월급만 믿고 대출받아 이사한 상태라서 실망은 말할 수가 없었다. 남편은 다시 베트남으로 가서 직장을 알아보고 있었다. 그때 한국인 부부가 운영하는 하숙집에서 3개월 정도 하숙을 했다. 그러다 귀국했는데 나는 10여 년 동안 해외에서 고생한 것에 대한 고마움보다는 속상함이 더 컸다.

한 달쯤 지났을 때 남편이 조심스럽게 말을 꺼냈다. 베트남서 하숙하던 집주인 아줌마가 유방암에 걸려 한국서 치료받으려는데 있을 곳이 없다며 우리 집에 와 있으면 어떠냐는 것이다. 아줌마는 아들 민호를 데리고 우리 집으로 왔다.

신세를 지게 되어 미안하다는 패잔병 같은 아줌마를 보니 안쓰러웠다. 마침 기숙사로 들어가 비어있는 아들 방을 내주었다. 아줌마는 아픈 사람답지 않게 씩씩했고 말도 자분자분 잘했다. 나이는 나보다 세 살 많았는데 후덕해 보였다. 어찌 하숙집 3개월 인연을 빌미로 남의 집에 들어와서 병 치료 받을 생각을 했는지 이해는 되지 않았다. 아줌마는 모처럼 한국에 나왔다며 온 김에 민호 중등 검정고시를 보게 하려고 데리고 왔다고 했다.

아들 방은 작은데다 옷장까지 들여놓아 모자가 잠만 잘 수 있을 공간이었다. 아줌마는 거저 있기가 미안하다며 식사 준비를 자기가 해도 되겠냐고 했다. 하숙집을 크게 운영한다니 한 가정 식사쯤은 일도 아닐 터였다. 처음에는 밥을 안 해서 좋다고 생각했는데 주방을 차지하고 앞치마까지 한 것을 보니 내가 손님 같아 마음이 불편하고 점점 기분이 좋지 않았다. 가뜩이나 못마땅한데 남편은 민호 과외 선생을 자처해 날마다 도서관에 데려가 공부를 가르쳤다.

하루는 벤치가 배달되었다. 몇 달 전부터 벤치에 꽂혀서 사고 싶어 안달하다가 심사숙고해서 구입한 거였다. 반조립이라 모처럼 남편 손이 필요해 벤치를 조립해 달라고 했더니 남편은 민호엄마가 부탁한 컴퓨터 본체를 조립해서 포장하고 있었다. 벤치 먼저 해 달라고 하니 컴퓨터는 민호엄마가 내일 큰아들에게 보내야 한다고 해서 포장까지 마쳐야 한다며 벤치는 급한 것이 아니지 않느냐고 했다. 물론 벤치는 일 년 후에 조립해도 상관없을 정도로 당장 필요한 것은 아니다. 하지만 마음은 급했고 화가 나 내가 두 시간에 걸쳐 낑낑대며 벤치를 조립했는데 은근히 부아가 치밀었다.

밤에 거실에서 늦게까지 텔레비전을 보면 남편은 얼른 자라고 했다. 민호엄마가 환자고 예민해서 시끄러우면 잠을 못 잔다는 것이다. '어떻게 남의 부인 예민한 걸 다 알지' 하는 생각이 들어 따지자니 속 좁아 보이는 것 같아 입을 다물었다. 한쪽 가슴을 절단한 민호엄마는 몇 주가 지나서 베트남으로 돌아갔다. 마침 민호도 중등 검정고시에 붙었다. 유방암 3기라서 걱정했지만, 예후가 좋았다.

우리 집에 있을 때 내가 좀 더 친절했더라면 민호엄마 마음이 편했을 텐데 왜 그렇게 찬바람 씽씽 날렸는지 모르겠다. 주방까지 넘겨주고 편해서 좋다고 생각할 때는 언제고 바로 변해서 못마땅한 눈초리로 째려봤는지 모르겠다. 아픈 사람 상대로 뭘 하겠다고 그리 쌀쌀맞았을까. 갈 곳 없어서 자존심 내려놓고 아픈 몸으로 참느라 얼마나 힘들었을까 싶다. 남편의 수입이 없어서 더 그랬을 것이다. 그때 다정했더라면 있기도 편했을 테고 인연은 이어졌을 것 같다.

인터넷에서 '한집서 두 남편과 사는 여성'이라는 기사를 보았다. 이 여성은 8년간 두 남편과 살고 있다. 원래 전남편과 결혼해 한 명의 아이를 낳고 이혼하였고 두 번째 남편과 재혼한 지는 10년쯤 되었다. 둘 사이에 2명의 자녀가 있는데 전남편이 병세가 꽤 심각하다는 소식을 듣고 주변에 돌봐줄 사람이 없다는 것을 알자 결국 전남편을 데려와 한집에 사는 수상한 동거가 시작되었다. 남편 둘에 아이는 셋이 되었다.

현 남편은 아내 전남편의 삶을 보니 자신과 비슷한 처지였다고 한다. 어려서부터 부모의 사랑을 받지 못했고 주변에 돌봐줄 친척도 없는 처지가 너무 딱해서 남의 일 같지 않았다는 것이다. 형편도 넉넉지 않은데 오히려 두 명의 남편과 살면서 집안에는 평화가 찾아왔고 더 단란한 가정이 되었다고 한다.

　물론 이 기사와 민호엄마와 나 사이를 비교할 일은 아니지만 기사에 나온 지금 남편의 마음 씀씀이가 보통이 아니다. 아무리 아픈 사람이라 하더라도 돈이나 얼마 주면 모를까 나 같으면 힘들 것 같다. 그래서 도덕적이지 않더라도 기사가 되고 응원하는 사람들도 많이 생겼을 것이다. 보통 여자 같으면　전남편이라서 안 되었다는 생각은 들겠지만, 오히려 '큰일 날 뻔했네. 이혼 안 했으면 저 병시중 내가 다 할 뻔했네.'라고 생각했을지도 모른다. 기사를 보니 베트남 남편을 따라가기에는 내 마음이 한없이 좁다. 하지만 지금 상황이라도 그 여자가 왜 우리 집에서 병원에 다니려하냐며 곱지 않은 소리를 했을 것 같다. 사람은 안 변한다는 말, 나에게 해당되는 말 같다.

까치야! 미안해

    모처럼 한가해 책을 들고 카페로 간다. 집 앞에 생긴 카페가 규모에 비해 손님이 적어 종업원 눈치 안 보고 시간 보내기 안성맞춤이다. 2층 창가에 앉아 분주히 날아가는 까치를 본다. 뭐가 그리 바쁜가 싶어 시선으로 따라가니 나무 위에 집을 짓고 있다. 높은 곳이라 잘 보이지 않아 사진을 찍어 확대하니 제법 많은 나뭇가지가 쌓여있다. 출산을 앞둔 부인까치를 위해 남편까치가 부지런히 움직이는 것 같아 슬며시 미소가 지어진다.

    회사에 있는데 갑자기 아파트 관리소에서 전화가 왔다. 관리소라고 발신이 뜨자 깜짝 놀랐다. 집배원이나 택배기사가 전화하는

박 현

경우는 있어도 관리소 전화는 처음이다. 순간 불이라도 난 건 아닌가 싶어 출근 때 상황을 급하게 떠올린다.

관리소 직원은 우리 집 에어컨 실외기에 까치가 집을 짓고 있다고 주민이 신고했다며 치우라고 한다. 생각도 못 한 일이지만 나도 엄마인데 새끼 낳으려고 짓는 집을 차마 내 손으로는 부수지 못하겠다고 했다. 그랬더니 그냥 두면 지저분하고 실외기가 부식할 수도 있고 이웃에도 피해를 준다며 까치집을 없애고 그 위에 버드스파이크를 설치하라고 알려준다. 나는 관리소에서 치워주면 모를까 내 손으로는 못하겠다고 다시 말했다.

잠시 기다리라던 직원이 관리소장에게 보고하는 소리가 들린다. 그러더니 당장 방문하겠다고 해서 근무하다 말고 집으로 달려갔다. 까치집은 아직 기초공사 단계였다. 이불을 깔아놓은 듯 50센티쯤 되는 나뭇가지 여섯 개가 나란히 놓여있다. 나뭇가지는 모두 반듯하고 손가락을 편 듯 끝 길이도 비슷하다. 자식을 위해 정성을 다하는 까치의 마음이 놀라웠다.

순간 까치 입이 떠올랐다. 텔레비전에서 차력사가 차를 끈으로 연결해 이로 끄는 모습을 본 적이 있다. 까치가 무슨 차력사도 아니고 풀잎도 아닌 두꺼운 나뭇가지를 어쩜 그리 좋은 것만 구해서 16층까지 날아왔을까? 까치가 느끼는 나뭇가지 무게가 사람 기준으로 최소 쌀 한 포대는 되지 않을까? 그걸 사람이 계단으로 16층까지 들고 오르는 것과 까치가 입에 물고 날아오는 것 어느 것이 힘이 더 들까?

이런 생각을 하니 직원에게 그냥 두라 하고 싶었지만, 깃털로 실외기가 막혀 화재의 위험도 있다니 보고만 있었다. 안방 베란다에 의자를 놓고 올라가 몸을 반으로 접어서 나뭇가지를 꺼낸 직원은 분질러서 버리라며 내게 주고 갔다. 차마 꺾을 수가 없었다. 아파트가 아닌 큰 나무에 더 좋은 집을 짓기 바라면서 화단 위에 살며시 두었다.

기초공사가 무너진 것을 본 까치의 심정이 어땠을까. 알 낳을 시간이 촉박한데 인정머리 없는 인간이라고 생각할 것 같아 마음이 편치 않았다. 자연이 인간만 누릴 수 있는 특권이 아닌데 이렇게 이기적일까. 돈만 된다면 산이고 강이고 마구잡이로 파헤치면서 잠깐 부화할 동안만 머물려고 짓는 까치집을 외면하다니. 내 손에만 피 묻히기 싫은 것, 나만 아니면 묵인하고 싶은 그런 마음이 미안했다.

쉬는 날이라 늦장을 피우다가 갑자기 까치 생각이 나서 부리나케 베란다로 가보았다. 요즘 새로 설치한 창호는 성능이 어찌나 좋은지 새 울음소리는커녕 바로 아래에서 어른들이 목청을 높여 싸워도 전혀 들리지 않는다. 문을 열어본 나는 화들짝 놀랐다. '어머머 세상에나.'

며칠 전 치운 것과는 비교도 안 될 정도의 분량이었다. 땔감으로 쓰면 한나절 구들장이 절절 끓을듯했다. 이틀 사이 저게 가능한 일인가 싶었다. 틀 바닥에는 시멘트를 발라놓은 듯 흙이 단단하게 굳어있었다. 비도 오지 않았는데 마른 흙을 물어다가 침으로 버무린 듯했다. 어제까지 가졌던 너그러운 마음은 진심이 아니었는지 깡그리 사라져 속마음이 드러났다. '한번 해 보자'는 건가 하는 생각이 들었다.

까치는 꽤 훌륭한 건축가라고 한다. 비둘기는 대충 나뭇가지 몇 개 갖다 놓고 자기가 싼 똥 위에 알을 낳는 반면 까치는 둥지 청소도 자주 하고 배설물을 둥지 내부에 내버려 두지 않는 깔끔한 면모를 보인다고 한다. 외부는 단단하고 두꺼운 나뭇가지로 두르고 내부는 부드럽고 얇은 가지들로 푹신하게 꾸며놓고 단단하고 크게 짓기 때문에 한 번 지어놓은 집을 치우기도 쉽지 않다고 한다.

의자에 올라가 몸을 반 이상 숙여서 잡기도 힘든 위치에 있는 나뭇가지를 여러 번 꺼냈다. 틀에 발라놓은 흙을 부엌칼로 뜯어내는데도 한참이 걸렸다. 까딱하다가는 16층에서 내가 떨어져 죽게 생겼다. 그동안 까치에 대한 낭만이 있었다면 오늘은 낭만이고 뭐고 없다. 어디선가 까치 부부가 내 행동을 지켜보고 있을 것 같다. 내 손으로는 못 부순다고 한 말은 까마득히 잊고 네 손 내 손이 따로 없다. 나뭇가지는 60센티가 넘는 것도 있었다. 그것을 들고 오르는 까치의 수고도 생각나지 않았다.

집주인 동의 없이 강제 철거하는 기분이다. 그러고 보니 까치 입장에서는 내가 조폭으로 보일 것 같다. 나뭇가지를 박스에 넣다

보니 까치의 깃털이 흔들린다. 뾰족한 가지에 걸려서 털이 뽑힌 모양이다. 까치의 파르르 떠는 분노와 분한 마음이 느껴진다.

관리소에서 알려준 버드스파이크를 검색해본다. 새들이 앉지 못하게 송곳 같은 바늘을 촘촘히 꽂아놓은 물건이다. 이것을 설치했다가는 조산으로 태어난 어리바리한 새가 뭣 모르고 앉았다가 여리디여린 발이 바늘에 찔려 오도 가도 못할 수도 있다고 생각하니 고개가 절로 흔들어진다. 검정 비닐봉지를 걸어놓으면 바람에 흔들려 효과가 있다고 한다. 까마귀 똥도 약으로 쓰려니 물에 깔긴다더니 집에 그 흔한 검정비닐 한 장이 없다. 마침 앞치마가 생각났다. 목덜미 쪽에 단추가 있어 실외기가 원피스를 입은 것 같다. 빨간 치맛자락처럼 바람에 펄럭인다.

일주일이 지났다. 다행히 나뭇가지가 없다. 길을 가다가 새소리만 들리면 신경이 쓰인다. 까치가 나를 기억하고 머리에 똥이라도 갈길 것 같다. 같이 살아야 하지만 서로 구역이 있다는 것을 까치가 알았으면 좋겠다.

"까치야 미안해. 너는 튼튼하고 아늑한 집을 지으렴. 대신 우리 집은 절대 안 돼."

까치가 알아들었을지 모르겠다.

맷돌호박

시댁은 예전에 땅 부자였다고 한다. 확인은 안 되지만 강원도 산골에서 자식 넷 대학 공부시킨 것을 보면 광주리에 든 생선 내다 팔 듯 야금야금 땅을 팔아 학비로 썼다는 말은 사실 같다. 시골에 가면 남편은 저 땅도 우리 땅이었고 군청 건물이 들어선 저곳도 우리 땅이었는데 고등학교만 가르치고 땅을 지켰다면 지금보다 윤택하게 살았을 것 같다는 아쉬움 섞인 푸념을 한다.

몇 년 전 시어머님이 돌아가시면서 3천 평 땅을 여섯 남매가 나누었다. 뒤에는 산이 있고 앞에는 평창강이 흐르고 그 옆은 도로라 제법 좋은 위치다. 직사각형 모양을 두부모 자르듯 잘라 제비

뽑기로 위치를 정했다. 남편이 마지막에 잡은 것은 맨 끝 쪽 땅인데 그 옆에는 군청에서 조성한 작은 공원이 있다.

첫 해, 대추나무 50그루를 심었다. 자주 못 가기 때문에 바닥을 검정 부직포로 도배했는데도 풀은 없는 틈 사이를 비집고 올라온다. 시골에는 큰시누와 형님네가 나란히 집을 지어 살기 때문에 갈 때마다 무엇을 사든 같이 산다. 남편은 고기도 사고 수박도 사고 큰시누네 강아지 삼식이 간식까지 챙긴다. 주로 혼자 가는 남편은 내가 뭐라 하지 않는데도 공작원처럼 비밀스럽게 사다가 차에 실어둔다.

남편이 친구와 같이 가서 풀도 베고 약도 쳤지만, 대추나무도 주인이 초보인 줄 알고 깔보는지 몇 해 동안은 오가며 들인 돈에 비해 열매는 턱없이 달렸다. 차라리 대추를 사 먹는다면 일 년 내내 먹어도 다 먹지 못할 것 같다. 그래도 먹어 본 사람들의 맛있다는 말에 심드렁했던 마음이 풀린다.

작년에는 맷돌호박 모종을 60포기 심었다. 모종 하나에 보통 댓 개는 달린다고 하니 어림잡아도 300통이다. 이렇게 달린다면 판로도 없는데 큰일이다. 농작물은 주인 발소리 들으며 자란다는데 자라든지 말든지 가지도 않고 내처 두었다.

여름 끝 무렵 차로 다리를 지나며 내려다보니 노란 궁둥이를 하늘로 쳐든 맷돌호박이 내 허리만큼 자란 풀 사이에서도 눈부신 자태를 뽐내며 보석처럼 빛난다. 주인이 신경을 안 썼는데도 부모

없는 아이처럼 철들어 자기들끼리 의지하며 자랐나 보다. 어떤 것을 먼저 따야 할지 눈도 손도 마음만큼 바쁘다. 뱀이 있을지도 모를 풀 속을 겁도 없이 맨발에 슬리퍼를 신고 누비었다.

맷돌호박은 작은 것이 3킬로, 큰 것은 10킬로까지도 나간다. 한 번에 두 개 이상은 들기 버거워 몇 번을 나르며 뒷좌석과 트렁크에 실었다. 얼마나 무거운지 차가 내려앉는 듯하다. 두 시간 거리를 싣고 오며 호박을 먹어야 몇 개나 먹겠다고 이 고생인가 싶기도 하지만 나눠줄 생각에 신이 난다. 오빠와 셋째언니 딸이 출산을 해 부기 빼는데 호박이 최고라며 환영을 받았다. 친구들 집까지 배달하고 오니 한밤이다.

집에도 호박이 30통 이상 남았다. 계란판 위에 얹으면 썩지 않는다고 해서 때 아닌 계란판 구하느라 아파트 경비원에게까지 호박을 뇌물로 주고 서른 개를 얻었다. 호박을 베란다에 쌓아놓으니 발 디딜 틈도 없어 당근마켓에 9천 원에 판다며 호박죽 쑨 곰솥 사진까지 4장을 올렸다. 솜씨는 없지만 팥을 넣고 찹쌀가루를 넣었더니 맛있게 보인다. 살 사람이 있을까 걱정했는데 첫 번째 손님은 산본 아파트에 사는 주부다. '콩이'라는 닉을 가진 분이 자신의 엄마가 96세인데 죽만 드신다며 세 통을 배달해 달라고 한다. 첫 장사가 수월하다. 호박 세 통과 손질해 냉동실에 넣어둔 호박 한 봉지와 죽이 맛있겠다는 말에 호박죽도 한 통 담는다. 아파트 주차장에 차를 대고 첫 손님을 기다리는데 맞선 보러 온 것처럼 가슴이 떨린다.

손수레라도 갖고 내려올 줄 알았는데 머리가 부스스한 여자는 빈손이다. 호박을 현관 앞으로 갖다 달라고 하더니 호박죽까지 주냐며 입이 벌어진다. 그날 저녁 호박죽이 맛있어서 친정엄마가 잘 드셨다며 내년에도 부탁한다고 문자가 왔다.

다음날은 금정역 뒤쪽에서 양꼬치 가게를 하는 사람이 다섯 통을 주문했다. 금정역 뒷골목이 그렇게 복잡한 줄 미처 몰랐다. 골목길이 좁아서 운전하는데 아슬아슬하다. 내비게이션이 도착 신호를 알렸지만, 어느 가게인지 찾지 못해 세 바퀴를 돌았다. 중국인 동네같이 간판이 모두 한자다. 그냥 올까, 아니지 여태 버린 시간이 얼마인데 마음속에서 갈등이 생긴다. 왜 호박을 판다고 했을까 후회가 밀려온다.

한참 만에 어렵게 가게를 찾았다. 새댁 같은 여자가 양꼬치를 굽느라 어찌나 바쁜지 대꾸할 시간이 없어 보인다. 대낮인데도 홀에 등산객 술손님이 몇 테이블 차지하고 있다. 호박을 문 앞에 내려놓으라고 하더니 초등학교 1학년쯤 된 아들에게 금고에서 돈을 꺼내 갖다 주라고 한다. 고만고만한 아이 셋이 구석에 있는 테이블을 차지하고 놀고 있다. 돌봐주는 사람이 없어서 가게에서 노는 모양이다. 괜히 안쓰러운 마음이 들어 깎아 달라고도 하지 않는데 오천 원을 돌려준다. 세 번째 집은 같은 교회에 다니는 친구다. 친하지는 않지만 호박 값을 받으려니 영 민망해 그냥 먹으라며 주었다.

둘레길 가는 남편은 친구 준다고 제일 큰 호박을 배낭에 넣고 갔다. 무거워서 어떻게 다니느냐고 말렸지만 주고 싶은 마음을 이기지 못했다. 만나자마자 넘길 생각이었지만 차마 그리 못하고 세 시간을 십 킬로 가까운 호박을 매고 다니다 헤어질 때 줬다고 어깨를 두드린다.

호박 여덟 개를 건강원에 맡겼더니 세 박스가 나왔다. 즙을 짜는데 드는 비용이 만만치 않다. 주변에 신세 진 분들께 두 박스를 드리고 한 박스는 집에 가져갔는데 다람쥐 같은 남편이 어찌나 물어 나르는지 서 너 봉지 먹어보고 끝났다.

올해도 맷돌호박을 심으라고 하니 남편은 꿈쩍도 안 하고 아예 시골 근처에도 가지 않는다. 지난주 성묘한다고 올해 들어 처음으로 내려갔다. 밭에는 풀이 물결을 이루어 춤을 춘다. 그런데 대추가 제 몫을 하고 있다. 가지가 휘어질 정도로 달렸다. 성묘는 제쳐 두고 대추 따는데 정신이 팔렸다. 대추에 벌들이 얼마나 많은지 나비까지 합세해 대추를 먹고 있다. 벌에 여러 번 쏘일 뻔했다. 대추를 지퍼백에 담아 친정언니들과 주변에 돌리는데 한나절이 더 걸렸다. 우리 집에는 도토리만 한 대추만 남았다. 이게 뭐하는 거지? 하는 생각이 든다. 농사란 남 주려고 하는 건가 보다. 주면서 얻는 기쁨으로 돈 아까운 줄도 힘든 줄도 모르나보다.

송명주

mj8317@hanmail.net
2015년 『문학이후』 수필 등단.
수필집 『옆집에 구신이 산다』

그렇게 니 새끼가 이쁘냐? 그만 핥어. 근디 너는 너 혼자 먹고 살 것도 없음서 뭐 할라고 다섯이나 낳았어? 하나만 낳지. 너 힘들어. 어떻게 멕여 살릴라고 그려. 아녀. 나도 암껏도 없는디도 잘 키웠는디 뭐. 너도 잘 할 수 있을 거여. 어여 많이 먹어라.

— 「나랑 닮었네」 中에서

나랑 닮었네

　－이놈들 나타나기만 혀봐. 저번 내 생일날 느 큰언니가 사 와
가꼬 남은 소고기 있잖여. 그거까지 넣고 끓인 국인디 감히 누구
밥에 손을 댜. 내가 그래가꼬 의자까지 딱 두고 앉어서 눈에 불을
키고 자리를 지켰지.

　－근디 이상허드라. 밥그릇 들고 나올 때만 혀도 크앙 크앙 요
란했던 놈들이었응게 서로 먹을라고 댐빌 줄 알았드만, 에미가 밥
을 먹기 시작헝게 외려 슬금슬금 비켜 서드라고. 그냥 지켜만 보
는 거여. 희한허드랑게.

　－그래서 오늘은 조기를 두 마리나 넣고 푹 고아서 앞에 놔 봤

어. 아 그랬더니 이것들이 또 그렇게 보기만 허드라고. 신기허지?
즈그들도 아는가벼. 아, 쟈는 새끼 낳았응게 많이 먹게 나둬야 젖
이 나온다, 뺏어먹으면 안 된다. 아마도 그런 생각을 허는가벼. 어
지간헌 사람보다 의리가 좋드랑게.

 ─더도 말고 덜도 말고, 내가 딱 일주일만 이렇게 국 끓여서 줄
라고. 더는 못혀.

 짐승이라면 질색팔색하는 엄마와 유난히도 짐승을 예뻐하는 작
은오빠. 오빠가 동네에 돌아다니는 도둑고양이들에게 밥을 주기
시작한 지가 벌써 몇 해나 되었다. 생명이 붙어있는 것이면 무조
건 정을 주어 기어이 곁에 두는 통에 오빠가 엄마 집을 찾는 주말
이면 매번 엄마와 오빠의 시답잖은 말다툼이 일고, 또 매번 엄마
의 완패로 끝을 맺는다.

 그래서 이제는 작은오빠 자동차 소리만 들어도 사방팔방에서
모여드는 도둑고양이들 덕에 주말만 되면 엄마 집이 동물원이라
도 되는 듯 시끌벅적해진다. 열 마리쯤 되던가, 그 중에 한 녀석이
오늘 대문 옆 오가피나무 아래에서 몸을 풀었다고 했다.

 창고에는 언제나 열린 채로 오빠가 만들어 둔 고양이쉼터도 있
건만, 오만 자리 다 두고 하필이면 수시로 사람들 드나드는 대문
간에 자리를 잡은 건 고양이의 선택이었다.

 ─그래놓고 사람들이 대문을 한 발짝만 넘어설라치믄 다섯 마리
나 되는 꼬물꼬물한 놈들을 핥다가도 행여 지 새끼를 뺏어갈까 싶

었는지 눈을 요로ー고 치껴 뜨는디 어찌나 같잖은지. 근디 또 한편으로는 에미라는 것이 그런 것이지, 그런 생각이 등게 안쓰럽더라고.

ー도둑고양이 주제에 무슨 공치사를 듣겠다고 다섯이나 낳느냔 말여. 없는 살림에 나도 다섯 낳고, 지도 다섯 낳고. 참 신기혀. 그챠?

ー처음에는 네 마린 줄 알았어. 근디 느 오빠가 쥐새끼만 한 걸 이리저리 젖혀봉게 젤로 째깐한 놈이 밑에 있드랴. 죽겄다고. 아마도 죽겄다고 허드라. 그 놈이 죽었나 살었나 맨날맨날 세어보라고 혀서 오늘 아침에도 막대기로 슬쩍 젖혀봉게 살었어. 안 죽고 살었어.

엄마는 그렇게 맨손으로는 절대 만지지도 못하면서 고양이밥을 사수해야 한다는 핑계를 두어 산모 고양이의 곁을, 더는 못한다던 일주일을 훨씬 넘게 지키고 있다. 그러면서 산후혈이 채 멎지도 않았는데 물지게를 져야 했던, 내가 태어날 때를 회상하며 오래전 이야기를 들려주었다.

ー엄마가 시집올 때 말여, 백곰마냥 하얀 백구 한 마리가 따라 들어왔어. 긍게 사람들이 그러더라고. 가마 뒤로 개가 따라 들어오믄 안 좋다고. 흥 개뿔이나. 한 오 년을 귀염 받음서 새끼도 두 배씩이나 낳아서 속으로 그 말 다 틀렸고만, 그렸어.

ー백구가 있는 동안 나도 참 귀염 받음서 살었지. 이런 촌구석에 시집와서 밭 한 번을 안 메고 살았응게 호강이라믄 호강이지. 거그다 손 귀한 집에 시집 와서 딸 아들을 턱턱 낳아놓응게 내가 얼마나 이쁠 것이여. 내리사랑이라고, 이쁨을 받응게 나도 백구가 그렇게 이쁘드만. 내가 참말로 많이 이뻐혔어.

　-근디 어느 날 어디서 농약을 줏어 먹었능가, 백구가 헛간에 쌓아놓은 지푸락 속에서 거품을 물고 죽어있는 거여.

　-차암 신기허게도 백구가 살아있을 때보다, 되레 죽고 나니까 사람들이 했던 말이 들어맞기 시작허드라고. 할아버지 할머니 차례로 돌아가시고, 느 아부지는 병들어 누웠으니 집이 폭삭 망혀버렸지. 그리고 얼마 안 가 죽어버렸응게 그 말이 맞긴 혔어.

　-너 옛날에 우리 뒤안에 있던 너보다 훨씬 큰 항아리 기억나지? 쌀이 몇 가마나 들어가는. 그려, 그렇게 큰 항아리가 몇 개나 있었는 줄 알어? 그 많던 살림이 다 없어지고, 끼니 걱정 없이 살던 날이 그렇게 끝나버렸지.

　-내가 시집와서 호강한 날은 느 큰언니 큰오빠 낳았을 때까지 딱 오 년이여. 그 뒤로는 애 낳은 날까지 물지게를 지믄서 살었어.

　-백구가 죽어서 우리 집이 이리 됐나 싶기도 허고, 거품 물고 죽는 걸 봐서, 그려서 그렁가. 나는 짐승이란 짐승은 다 싫어.

　-얼래 얼래 이것이 왜 이려. 왜 나한티 부비고 난리랴. 내가 밥 주는 거 알고 아부하는 거여? 안 그려도 밥 줄랑게 가서 니 새끼 젖이나 멕여. 아이고 이 털 좀 봐.

병아리처럼 보송보송하고 따뜻하고 말캉한 것이 내가 표현하는 새끼고양이라면, 쥐새끼처럼 물컹하고 뜨끈한 것, 그래서 손으로는 절대 만질 수 없는 것이 엄마가 표현하는 새끼고양이다. 그렇게 싫어라 하면서도 엄마는 또 고양이에게 말을 건다.

－그렇게 니 새끼가 이쁘냐? 그만 핥어. 근디 너는 너 혼자 먹고 살 것도 없음서 뭐 할라고 다섯이나 낳았어? 하나만 낳지. 너 힘들어. 어떻게 멕여 살릴라고 그려. 아녀. 나도 암껏도 없는디도 잘 키웠는디 뭐. 너도 잘 할 수 있을 거여. 어여 많이 먹어라.

－얼래 너 눈떴냐? 눈뜬 게 지 에미랑 또－옥같네－.

단계별 맞춤방귀

#1

　무대는 서울 신림동 다닥다닥 붙은 주택 중 허름해 보이는 골목 가장 안쪽 집의 침실. 바닥까지 늘어선 커튼 사이로 햇볕이 들어오는 창을 옆구리에 차고서 길게 누운 침대에 남녀가 있다. 침대 맞은편으로는 텔레비전에서 아침뉴스를 진행하는 아나운서가 시끄럽게 떠들고 있고, 장롱은 무언가를 찾느라 헤집어놓은 듯 반쯤 열린 문틈으로 옷가지 몇 개가 길게 혀를 내밀고 있다.

　아침이라 출근준비로 바빠야 하는 시간이지만 왠지 한가한 노부부를 보듯 남녀의 나른함이 보기에도 절로 졸음을 불러오는 풍경이다.

여자: (뽀옹—.)

남자: (사랑스럽다는 듯 여자의 얼굴을 쓰다듬으며) 방귀소리도
　　　예쁘네?

여자: (남자의 손길에 깨어 반쯤 뜬 눈으로 흘기듯 남자를 바라보
　　　며) 내가 언제 방귀 뀌었다고?

남사: 방금 뽀옹—하던데?

여자: 아냐. 난 자면서 방귀 안 뀌어.

남자: 응. 안 뀌었어. 근데 이 향긋한 냄새는 어디서 나는 걸까?

여자: 자기가 뀌고선 괜히 나한테 덤터기야. 칫—.

남자: (기어이 이불 속에서 여자의 손을 꺼내어 만지작거리며) 얼
　　　굴도 작고, 손도 작고, 키도 작고, 방귀 소리도 작네?

여자: 나 아니야. 안 뀌었어. 안 뀌었다고!

남자: (이불 째 여자를 끌어안으며) 알았어. 안 뀌었어. 아유— 이
　　　뻐라—. 이렇게 이쁜 색시 냅두고 나 출근은 어떻게 하지?

#2

　　가을이 무르익은 추석 하루 전으로 여자의 시댁식구가 모두 모
　　여 있다. 시어머니와 배가 제법 부푼 여자는 주방 바닥에
　　신문지를 깔고 앉아 전을 부치고 있고, 남자와 형제들, 그
　　리고 그의 부친은 주방과 이어져 있는 거실에서 점심 겸

술상을 앞에 두고 앉아 담소를 나누고 있다.

시어머니: 어쩜 우리 며느리는 손도 야무지네.

여자: 어머니, 저는 얼굴도 예쁜데 손도 야무져서 더 예쁘죠?

시어머니: 우리 며느님은 칭찬을 더 하고 싶어도 입으로 다 까먹
　　　어요.

여자: 헤헤. 그 까먹는 입도 예쁘죠?

시어머니: (따박따박 말을 받아치는 며느리가 귀여운 듯 밉지 않
　　　게 눈을 흘기며) 아이고, 말을 말아야지.

시아버지: (호박전 하나를 젓가락으로 집어 들며) 아니, 여보. 이
　　　거 우리 새아기가 한 거예요?

시어머니: 왜 아니겠어요. 나는 놀고 있고, 그 댁 며느님 혼자 다
　　　부치고 있어요. 좋겠어요. 며느리 잘 둬서.

시아버지: 그럼요. 좋다마다요.

여자: (동태포에 후추를 뿌리다가 재채기를 한다. 그리고 동시에
　　　방귀도.)

(에취ㅡ. 뿌웅ㅡ.)

남자: (마침 집어든 호박전을 입에 채 넣지 못하고 젓가락 든 손
　　　을 흔들며) 어? 방금 방귀소리, 그거 저예요. 저 사람 아니
　　　에요.

시아버지: 응. 소리는 멀리서 들렸지만 가까이서 뀐 걸로 하자.

시어머니: 난 가까이서 들었지만 멀리서 뀐 걸로 하자.

송명주

여자: (창피한 듯 얼굴이 발그레해지며) 음…, 그게 그러니까. 배 속에서 아기가 뀐 거예요. 헤헤.

시동생1: 어쩐지 소리가 귀엽더라니. 하하

시동생2: 어떤 녀석이 나오려는지 예고편이 꽤나 요란한데요. 형수님?

#3

　　한밤중 안방의 침대. 첫 번째 무대의 방보다는 조금 크고, 세간도 나이 들고 더 많아졌다. 여자와 남자는 침대에 누웠지만 등을 진 채다. 남자는 텔레비전을 보고 있고, 여자는 잠이 든 지 오래다. 그러다가 갑자기 여자가 한쪽 발로 이불을 살짝 들고서 부욱―, 방귀를 뀐다. 그러고서 냄새를 날리려는 듯 발을 흔들어 이불을 펄럭인다.

남자: (여전히 여자를 등진 채로 손에 들린 리모컨으로 텔레비전 채널을 돌리며) 아주머니, 건강하시네요? 보약은 안 먹어도 되겠어.

여자: (갑작스런 남자의 물음에 벌떡 일어나 앉으며) 뜬금없이 뭔 소리야?

남자: 아주 그냥―, 이불 찢어지는 줄 알았네.

여자: (아무렇지 않은 얼굴로) 뭐, 방귀?

남자: 그래.

여자: 아니, 남 안 뀌는 방귀를 뀐 거야? 아저씨도 방귀 뀌잖아.

남자: 누가 뭐래?

여자: 자기는 아주 북북-, 난리도 아니면서. 여기 침대가 왜 꺼졌게?

남자: 응. 내가 하도 뀌어대서 그런 거 다 알아.

여자: (여전히 남아있는 방귀를 날리느라 이불을 펄럭이며) 아직까지 건강한 내 괄약근에게 감사하다고 절이나 하셔.

남자: 웬 절?

여자: 내가 늙어서 힘 조절을 조금만 잘못해도 분자가 아닌 덩어리로 나오는 수가 있어.

남자: 아, 예. 괄약근님, 아직까지 형상만 남기시고 흔적을 남기지 않으심에 감사합니다.

여자: (다시 벌렁 누우며) 별 것도 아니고만 괜히 깨우고 난리야.

남자: (벌떡 일어나 여자의 살찐 배를 노크하듯 두드리며) 이봐요. 예쁘고 수줍음 많던 우리 색시 도로 내놔요. 도대체 어디에 숨겨놓은 거야-!

여자: (대답이라도 내놓는 듯 한쪽 엉덩이를 살짝 들며, 부왁-.)

여보 기술자

소중히 아끼는 연인을 만지듯, 그의 손길이 조심스럽다. 긴장한 것이 역력한 그의 손이 내 정수리에 살포시 닿았을 때는 나까지 가슴이 둥둥거리며 무섭게 뛰기 시작했다. 과연 그가 잘 해낼 수 있을까. 이대로 한 번도 본 적 없는 남자를 믿고 나를 맡겨도 되는 것일까.

쌔액쌔액. 사내의 숨소리가 생생하게, 그리고 심상찮게 들린다. 두툼한 배가 들썩일 때면 슬쩍슬쩍 내 작은 귀에 그의 뱃가죽을 덮은 옷자락이 닿았다가 떨어졌다. 더구나 곁눈질로 슬쩍 보았을 때는 삐죽 삐져나온 코털이 부르르 떨릴 때마다 고약한 담배냄새가 섞인 숨이 내 뺨을 스치기도 했다. 이 남자, 정말 믿어도 되는 거야?

몇 가닥인지 세어보기라도 할 셈인가. 빗고 또 빗고, 또 빗어 내린 내 머리카락을 들춰 세세히 살피고 매만지더니, 드디어 비장의 무기를 꺼내 들었다. 갑작스레 쌕쌕거리던 그의 숨소리가 멈추자 덩달아 사방도 고요해지는 듯했다. 그의 숨이 멈추는 순간부터 나는 차마 이 꼴을 더는 보아낼 수가 없어 눈을 질끈 감아버렸다. 드디어 시작인 건가.

다니던 미용실이 웬일인지 문을 닫은 채로 몇 달이 지났다. 내 이마를 가리던 머리카락은 기다려주지 않고 무럭무럭 자라서 금세 눈을 찔렀고 귀밑머리는 하얀색으로 변한 지 오래여서, 이제 겨우 오십 줄을 넘겼을 뿐인데 거울을 볼 때마다 얼핏얼핏 할머니가 나타났다가 사라지곤 했다. 무엇보다 흰 머리카락이 자라면서 불러오는 가려움을 참을 수가 없어 외출을 할 때면 온통 눈은 마땅한 새 미용실을 찾아 헤매고 있었다. 그리고는 기어이 찾아냈다. 며칠을 지켜보았다. 손님은 많은지, 시설은 양호한지, 친절한지.

손님은 많은 것 같았지만 시설은 웬만한 동네 미용실이 다 그러하듯 좁아터진 공간 안에 온갖 화초들이 정글처럼 자라고 있었다. 미용실 사장님이 나이가 좀 지긋해 보이는 게 흠이긴 했지만, 그러거나 말거나 일단 항상 손님이 많다는 것은 실력 하나만큼은 확실하다는 결론을 내리고 더 고민할 것 없이 그 집으로 정했다.

삐거억-, 문을 열고 들어가니 파마를 말고 있는 사장님과 대기석이랄 수도 없는 플라스틱 의자에 앉은 손님 두어 명의 시선이 모두 나를 향했다.

"어서 와용-. 뭐, 빠마하시게?"

"아뇨. 염색 좀 하려고….”

"응. 우리 집 빠마도 잘하지만 염색도 잘해. 근데 오늘은 예약이 다 찼어용-.”

"내일 오후 네 시는 가능할까요?"

"그럼 그럼. 내일 네 시? 알았어용-.”

"그럼 내일 뵙겠습니다."

호기롭게 내일을 예약하고 돌아서는데 기다리는 손님 중 한 명이 손을 번쩍 들어 미용사에게 항의하듯 말했다.

"내일 네 시에 경자네 빠마한다고 하지 않았어?"

"아-, 그러네.”

미용실 사장님은 잠깐 고민하더니 이내 아무것도 아니라는 듯 부드럽게 미소 지으며 말했다.

"걱정 말아용-. 기술자가 한 명 더 있으니깡-."

나는 그 때 됐다고 말했어야 했다. 말끝마다 콧소리를 섞는 그 사장님을 믿지 말고 서둘러 다른 곳을 알아봤어야 했다.

다음 날 그 곳을 찾았을 때 역시나 사장님은 경자네로 보이는 여자의 머리를 말고 있었다. 또 역시나 대기 손님은 두 명이 있었다. 하지만 놀라운 사실에 아차 싶었다. 그 사람들이 바로 어제와 같은 사람들이라는 것이다. 대기 손님이 아니라 사장님 친구들. 며칠을 지켜봤으면서도 그들이 늘 드나드는 같은 사람들이라는 것을 알지 못했다. 진정 내 눈은 삐꾸였던 것이다. 한숨이 절로 나왔다.

늦었다고 생각할 때가 가장 빠르다고 했던가. 나는 그 때라도 도망쳐 나왔어야 했다. 얼마나 내 안에서 치열하게 나갈지 말지를 고민하고 있는지, 내 머릿속을 읽지 못한 사장님은 어딘가로 전화를 걸어 어제 말한 그 기술자를 불러냈다.

"얼른 와. 응. 응. 바빠. 손님 기다려, 빨리 와. 쪼금만 기다려용ㅡ. 빨리 오라고 했으니까 금방 올 거양ㅡ."

나는 그 순간 그렇게 도망칠 수 있는 첫 번째 기회를 잃었다.

십 분쯤 기다렸을까. 오래되어 낡은 문이 역시나 또 삐걱 소리를 내며 열리자 연세 좀 잡수신 듯한 남자 어르신이 등장했다. 자다 일어났는지 머리는 까치집이 몇 채나 지어져 있고, 배는 곧 애기가 나온대도 믿을 만큼 불렀으며, 그 배를 가린 것은 메리야쓰 한 장이 전부였다. 거기다 체크무늬 칠부바지를 입고 슬리퍼를 직직 끌고 나타난 어르신은 뛰어 온 건지 아니면 부른 배 때문에 걷기만 해도 숨이 찬 건지 모르지만 쌔액쌔액 숨을 가쁘게 내쉬고 있었다.

"이 분이야?"

남자 어르신이 나를 가리키며 묻자,

"여보 왔어? 응. 저기 다 섞어 놨으니까 그걸로 하면 돼."

헉. 말하던 기술자가 여보였어요? 기술자라면서요. 저기, 이봐요? 나는 이 여보 기술자 싫은데. 한 시간이 아니라 두 시간이라도 기다려 줄 수 있으니 사장님이 직접 해주면 안 될까요? 흰 머리 검은 머리 구분도 안 될 거 같은데, 이러다가 내 머리통이 숯검댕이 마냥 온통 까매질 거 같은데, 그냥 직접 해주시면 안 될까요?

내 입안에서만 부르짖는 아우성을 듣지 못한 여보 기술자는 마냥 태연하게 내 머리카락을 들추며 상태를 살폈다. 그 와중에 대기 손님을 가장한 사장님 친구가 한 마디 보탰다.

"아유-, 진짜배기 기술자 납셨네-."

포기다. 내가 할 수 있는 것은 포기밖에 없었다. 소심한 나는 또 그렇게 도망칠 수 있는 마지막 기회마저도 잃고 말았다.

응? 뭐지? 한참이나 질끈 감겼던 내 두 눈이 번쩍 뜨였다. 그 여보 기술자의 손길이 의외로 섬세한 이유였다. 설마, 하며 거울을 통해 보니 자못 진지한 표정을 하고서 붓질을 하고 있었다. 포기하고 나니 마음도 편했거니와 제법 정성을 다하는 듯 보여 그걸로 만족하기로 했다. 그래, 됐어. 뭘 더 바랄 것이냐.

어떻게 염색을 마치고 샴푸를 했는지 잘 기억나지 않는다. 다만 염색이 잘 나왔다고 웃으며 나오긴 했지만 다시는 그 집 근처도 가지 않기로 다짐한 순간만은 확실하게 기억한다. 그것이 집에 돌아와 밝은 조명 아래서 확인하니 군데군데 있는 하얀 머리카락을 확인했을 때라는 것을. 정성을 다해줬으니 그걸로 됐지, 뭐. 아무리 그렇게 만족하려 해도 꽤 오랫동안 화가 가시지 않았다.

모시 고르다 베 고른다더니, 고르고 고른 것이 하필 그 곳이다. 이제는 염색할 때가 됐나, 싶으면 눈에 띄는 아무 미용실에나 들어가려 한다. 고민해봤자 머리만 아프고, 성격 까칠하다는 말만 듣기 일쑤다. 그러니 무엇이든 쓸데없는 고민일랑 오래 하지 말고 부딪쳐 보고 겪어볼 일이다.

임승희

lsh0937@daum.net
2022년 『문학이후』 수필 등단

개천 가 가장자리에 파란 하늘 빛을 닮은 '봄까치꽃'이 음
표처럼 무리 지어 봄노래를 부른다. 진달래 개나리가 화사하게
봄을 장식하기 전에 봄이 왔음을 알려준다. 혼자서는 빛이 나
지 않기에 동무들과 어울려 피어난 작은 꽃이다.

— 「봄의 왈츠」 中에서

심쿵

2년 전, 코로나시기에 손자 시온이가 태어났다. 아들이 결혼한 지 7년 만이다. 아들은 손자를 보러오라고 밤낮으로 전화를 했다. 성화에 못 이겨 남편과 나는 비행기에 몸을 실었다. 열일곱 시간 이라는 긴 비행을 마치고 미국 콜롬버스공항에 도착했다. 한 시간 정도 차를 타고 아들 집에 도착하니 며느리는 시온이를 품에 안고 거실에 앉아 있었다.

태어난 지 한 달 만에 보는 손자는 예정일보다 두 달 먼저 태어났다. 아들네 집에 머물면서 남편과 나는 육아에 힘들어하는 며느리를 대신해 잠을 설치며 3주 동안 시온이를 돌보고 한국으로 돌아왔다.

꽃샘추위가 지나고 봄바람이 살랑거리는 4월, 딸의 결혼식에 참석하려고 온 아들 가족을 공항에서 만났다.

그동안 사진과 동영상으로만 보던 시온이에게 미리 준비한 뽀로로 인형을 주어도 긴 비행으로 피곤했는지 표정이 심드렁하다. 공항을 떠나 집에 도착한 후부터 육아가 시작되었다. 시차 적응이 안 된 시온이는 새벽 한 시에 깨어 장난감을 갖고 놀기에 바쁘다. 엄마 아빠를 대신해 피곤함도 잊고 밤새워 놀아준다.

교회 가는 날, 시온이는 내가 운전하는 모습을 바라보며 매력적인 미소를 짓는다. 시온이의 미소짓는 모습에 '심쿵'하고 가슴에 전율이 느껴진다. 살면서 이런 '심쿵'은 처음이다. 할머니의 운전하는 모습이 멋져 보였나 보다. 며느리에게

"시온이가 예쁘게 웃어주네!" 하고 말하니

"운전하는 사람을 좋아해요!" 라고 말한다.

아들이 고등학교 다닐 때 학원에 자주 데려다주곤 했다. 운전하는 엄마가 근사해 보인다며 본인도 빨리 운전하고 싶다고 말한 적이 있다. 장성한 아들은 손자를 차에 태우고 다닌다.

요즘 BTS 공연에 전 세계 팬들은 열광한다. 저들의 노래가, 댄스가 팬들을 '심쿵'하게 만든다. 일곱 명의 잘생긴 남자들의 격렬한 춤은 젊은 관객들을 사로잡고 말았다. 팬들은 소리 지르며 눈물을 흘리기도 한다.

노래와 춤은 원시시대부터 종족을 하나로 묶는 끈이었다. 현대에 들어서는 가족과 종족을 묶어주는 노래와 춤이 사라졌다. 단지 춤과 노래에 뜻이 있는 사람들이 전문가에게 배우거나 아마추어 모임에서 끼를 발산하며 유대감을 갖는다.

BTS 공연은 인간이 가지고 있는 본연의 춤과 노래에 빠져들게 한다. 만약 그들이 조용히 서서 노래했다면 전 세계의 젊은이들이 과연 열광했을까.

육군의 어느 간호장교는 BTS의 한 명인 '김석진'이 근무하는 부대에 예고도 없이 방문해 무단이탈이라는 혐의로 조사를 받기도 했다. 잘생긴 남자가수가 젊은 20대 간호장교의 심장을 쿵! 하고 흔들어 놓았다.

BTS가 있기 전에는 가수 싸이의 '오빠 강남스타일'이 세계를 열광하게 했다. 미국에서, 유럽에서, 아프리카, 남미에서 싸이의 말춤은 세계인을 하나로 만들었다. 두 손을 모으고 무릎을 살짝 구부리면서 리듬을 타며 흥겹게 추는 춤이다. 그 당시 싸이는 전 세계를 돌아다니며 공연하느라 몇 개월째 집에 들어가지 못해 마치 군대 간 것 같다고 말한 적이 있다.

아들도 미국에 어학연수 갔을 때 모임에서 '오빠 강남스타일'의 말춤을 추며 외국인들과 함께 즐거운 시간을 갖기도 했다.

'심쿵'은 비타민이다. 별다른 감흥이 없이 살아가다가 때론 짜릿하게, 때론 은은하게 가슴을 설레게 한다. 나이가 들면서 작은

풀꽃 하나에 자연의 신비를 느끼며 탄성을 지른다. 작은 '심쿵'이다.

가슴을 설레게 하는 것 중의 하나가 여행이다. 여행은 낯선 것들과 만남이다. 새로운 세상을 보는 것은 '심쿵'이다. 그래서일까. 공항에는 다리가 떨릴 때가 아닌 가슴이 떨릴 때 여행을 가려는 사람들로 가득하다.

아들은 동생 결혼식에 참석하고 몇 년 만에 오는 한국을 그리며 몇 달 전부터 무얼 먹을까. 어디로 여행갈까. 정해진 2주 동안의 시간을 어떻게 알차게 보낼지 설레는 마음으로 계획을 세웠다. 계획 중 하나가 맛집 투어다. 며느리와 함께 아침마다 설렁탕을 먹으러 갔고 간장게장, 짜장면, 회, 한정식, 갈비 등 계획대로 열심히 다녔다. 마음껏 한국 음식을 먹고 몸과 마음이 위로를 받았길 바란다.

딸의 결혼식이 끝나고 손자와의 이별 시간이 다가왔다. 공항으로 가는 길이 짧게만 느껴졌다.

미국으로 돌아간 시온이 동영상이 자주 날아온다. 이제는 제법 자라서 '아빠'라 부르며 천사 같은 표정으로 소리 내어 웃는다. 동영상을 보는 나는 또다시 '심쿵'이다.

봄의 왈츠

99세 할머니가 피아노를 친다. 30년 전 피아노를 독학하고 꾸준히 연습했단다. 건반 위, 왼손은 화음을 오른손은 멜로디를 연주한다. 조금은 느리고 서툴러 보이지만 연주하는 모습이 진지하다. 할머니에게 피아노는 친구다. 하루의 대부분 시간을 피아노 앞에서 보낸단다.

할머니의 피아노 치는 모습을 보니 나도 피아노 앞에 앉아 멘델스존의 '봄 노래'를 연습해 본다. 맑고 경쾌한 멜로디는 봄의 여신이 향기 가득한 프리지어 한 단을 선물해 줄 것만 같다.

멘델스존은 독일의 낭만주의 작곡가로 '한여름밤의 꿈'으로도 유명하다. 그는 셰익스피어의 희곡 '한여름밤의 꿈'을 읽고 요정들이 날아다니는 모습과 연인들이 사랑을 속삭이듯 환상적인 곡을 만들었다. 이 곡 안에는 결혼 행진곡이 있는데 결혼식장에 가면 흔히 들을 수 있다. 멘델스존은 영국에서도 인기가 있었으며 빅토리아 여왕은 우아하며 매력적인 그의 음악을 좋아했단다.

새봄을 맞이해 멘델스존이 작곡한 '바이올린 협주곡 64번'의 연주를 들어보니 신춘음악회에서 듣던 곡으로 삭막한 겨울을 지나 새싹이 움트는 모습이 그려진다. 수선화 피는 들판으로 소풍 가는 연인이나 가족의 모습도 연상된다. 그는 대자연이 주는 기쁨을 그의 깊은 감성으로 곡을 만들어 자연을 찬양했다.

봄이 오고 있다. 바람은 남쪽에서 비를 데려왔다. 봄비가 촉촉이 내리고 나니 나뭇가지마다 연둣빛이다. 따스한 봄기운이 밖으로 불러낸다. 봄 마중하러 집 앞에 흐르는 개천가에 나가보니 '봄까치꽃'이 반갑게 미소 짓는다.

개천가 가장자리에 파란 하늘빛을 닮은 '봄까치꽃'이 음표처럼 무리 지어 봄노래를 부른다. 개나리, 진달래가 화사하게 봄을 장식하기 전에 먼저 봄이 왔음을 알려준다. 혼자서는 빛이 나지 않기에 동무들과 어울려 피어난 작은 꽃이다.

이른 아침, 멘델스존의 곡과 더불어 요한스트라우스의 '봄의 소리 왈츠'를 들어본다. 새싹이 자라나고 꽃들은 피어나고 하늘빛 날개를 가진 물까치 떼는 강물 위를 날아다닌다. 강 상류 위로 힘차게 헤엄쳐 나가는 잉어 떼의 모습도 그려진다. 청춘남녀는 들로 산으로 소풍 가고 어린이들은 자연 속에서 자유롭게 뛰어논다. 아가씨들은 가벼운 옷으로 갈아입고 살랑거리며 사뿐사뿐 걷는다. 봄의 신부는 하얀 드레스를 입고 기쁨과 희망의 왈츠를 춘다.

4월이 오니 탐스러운 목련이 우아한 자태로 눈을 호강시켜주고, 온 땅은 신부를 맞이하기에 분주하다. 목련은 하얀 드레스를 입은 봄 신부가 되고, 벚꽃은 강둑이나 마을 곳곳에 향기 가득한 레이스가 달린 커튼을 길게 드리운다. 마을 사람들은 벚꽃 축제를 열어 가수도 초대하고 음식을 장만한다.

봄이 오면 새들도 짝을 찾는다. 비둘기는 평소와 다른 소리로 '꾸우! 꾸우! 꾸우!'를 힘차게 외치며 짝을 부른다. 까치는 소리 없이 짝을 찾았는지 둥지 틀 장소를 물색하다가 장소가 정해지면 마른 나뭇가지를 입에 물고 암수가 바쁘게 날아다니며 집을 짓는다. 소나무 둥지에서 태어난 까치는 소나무 향기를 맡고, 벚나무에 둥지에서 태어난 새들은 벚꽃 향기 맡으며 아름다운 봄을 노래하겠지.

짝짓기는 새들만이 아니다. 딸도 짝을 만나 4월에 결혼했다. 사위는 목소리가 저음인 바리톤으로 딸의 마음을 사로잡았다. 상견례가 있던 날, 백운호수가 내려다보이는 카페에서 사위가 차를 주문하는데 사장은 성악을 전공했냐고 묻는다. 그렇다고 대답하니 한 달에 한 번 음악회가 있으니 초대하고 싶다며 전화번호를 묻는다. 사위의 바리톤 목소리를 듣고 음악에 관심이 많은 사장이 한 눈에 알아보는 순간이다.

꽃샘추위도 물러나고 따스한 봄날, 축하객들은 화사한 봄옷으로 갈아입고 결혼식을 빛내주러 왔다.

딸은 봄의 신부가 되어 목련 같은 우아한 드레스를 입고 결혼 행진곡에 맞춰 아빠의 손을 잡고 행진한다. 수줍음 많은 딸은 행진하는 무대가 부담스러운지 발걸음이 빠르다. 천천히 여유롭게 걸었으면 좋으련만. 마치 이 순간이 빨리 지나가기를 바라는 것 같았다.

키가 큰 신랑은 함박 웃는 얼굴로 두 손을 높이 들고 만세를 외친다. 신랑은 신부를 위해 세레나데를 근사하게 부르려 했으나 딸의 반대로 친구가 대신 축가를 해주었다.

딸은 관악산 줄기가 내려오는 친정 가까운 곳에 아담한 보금자리를 만들었다. 부동산 아주머니는 신혼부부를 위해 예비해 놓은 아파트를 소개해 주었고 새롭게 시작하는 출발에 응원을 아끼지 않았다.

만물이 소생하고 새들이 자연의 순리대로 짝짓기 하듯이 봄의 신랑 신부가 새 출발을 알린다.

스크래치

봄바람이 살랑거리는 오후, 버스정류장이다. 내 앞에 서 있는 젊은 여인의 청자켓에 시선이 머문다. 그녀가 입은 옷은 여기저기에 가벼운 스크래치로 멋을 냈다.

요즘 젊은이들은 찢어지고 구멍 난 청바지를 즐겨 입는다. 어떤 사람은 총알 자국같이 구멍이 숭숭 뚫린 티셔츠를 멋으로 입는다.

'탕! 탕! 탕!' 살아오면서 가슴에 구멍이 날 때가 얼마나 많은가. 정말 총상을 입었다면 그런 옷은 입지 않았겠지. 이제 얌전하고 밋밋한 옷은 가라. 옷이 넘쳐나고 편안한 세대는 자극이 필요한가 보다.

살아가면서 무료한 날이 이어지다가 청바지의 스크래치처럼 마음에 스크래치가 올 때가 있다. 힘든 시간을 지날 때면 누군가에게 위로받기를 바란다. 상처를 받아 본 자가 다른 사람의 상처를 어루만져주지 않을까.

삶에 웃음과 용기를 주는 인기 있는 김창옥이라는 유명강사가 있다. 그는 어릴 적 부모로부터 받은 상처와 결핍이 오늘날 사람들에게 웃음을 주고 관객과 공감하고 소통한다. 김창옥은 상처를 승화시켜 강사가 되었지만 그렇지 않은 사람도 있다. 주변에서 가끔 볼 수 있는 이야기를 소설로 표현한 작가가 있다.

양귀자의 '모순'이라는 소설을 보면 상처 많은 언니와 상처 없이 살아온 동생의 이야기가 나온다. 자매는 쌍둥이로 태어났다. 결혼하기 전까지 생김새도 성격도 닮았다. 당시 쌍둥이 자매는 부모에 의해 본인의 의사와 상관없이 사진만 보고 결혼했다. 결혼 후, 그들은 서로 다른 성격의 배우자를 만나 전혀 다른 삶을 살아간다. 언니의 남편은 가족을 책임지지 않고 방랑 생활을 하며 가끔씩 집에 찾아와 아내가 시장에서 양말을 팔아 모아둔 돈을 가지고 집을 나간다. 언니는 무책임한 남편 때문에 홀로 자식을 키우며 생활력이 강해졌다.

세월이 지난 어느 해, 푸른빛이 도는 저녁 무렵 언니의 남편이 돌아왔다. 중풍과 치매를 달고서. 언니는 남편을 위해 치매에 관한 책을 사서 읽는다. 무능한 남편을 용서하고 돌본다. 반면 동생은 건축설계사인 남편 덕에 편안한 삶을 살게 된다.

언니의 아들은 조폭이 되어 감옥에 가고 언니는 마음 졸이며 아들 옥바라지까지 하게 된다. 언니의 딸 안진진도 학창 시절 가출을 두 번 정도 했다. 동생의 아들과 딸은 공부를 잘했고 능력 있는 아버지 덕에 미국 유학 가서 학창시절을 보낸다.

안진진은 미래의 남편감을 고르기 위해 가정사가 불안정하지만 자유분방한 사진작가인 장우식과 안정적인 직업을 갖고 있으며 계획적인 남자 나운규를 사이에 두고 더블데이트를 한다. 안진진은 청춘사업을 하면서도 가끔은 낭만적인 이모와 데이트하는 시간을 갖기도 한다. 첫눈이 오는 날도 이모와 즐거운 시간을 보내기도 했다.

미국에서 교육을 받은 이모의 딸은 한국에 돌아오지 않겠다고 선언하고 바쁜 남편은 그녀의 외로움을 채우지 못한다. 어느 날 갑자기 안진진의 이모는 그나마 마음을 주고받았던 조카에게 유언장을 보낸다. 평탄한 삶을 살았던 이모는 결핍이라고는 모르는 삶이 지루하다고 스스로 목숨을 버린다.

이모가 떠난 뒤, 안진진은 결핍이 있는 소박한 장우석와 결혼하려 했으나 계획적이고 안정적인 이모부와 비슷한 성격을 가진 나운규를 결혼상대자로 택한다. 이모처럼 평탄한 삶이 자신을 어떻게 변화시킬 것인지 도전하는 것 같다. 안진진은 이모와 다른 사람이니까. 과거 엄마와 이모처럼 사진만 보고 결혼한 시대가 아니니까. 두 남자를 사이에 두고 더블데이트를 하며 어떤 사람이 나을까 저울질했으니 말이다.

대개 사람들은 평탄한 삶을 원한다. 하지만 삶이란 내가 원하지 않는 방향으로 흘러갈 때가 있다. 안진진 이모에게 갱년기가 찾아왔다. 이놈은 보통의 갱년기를 겪는 오십 대 여성을 이성과 달리 전혀 다른 방향으로 끌고 가려 한다. 신경은 예민해지고 삶의 무의함을 느끼게 한다. 나 또한 오십이 되면서 갱년기라는 홍역을 치렀다.

눈 오는 날을 기다리며 즐거워하던 나였는데 덧없이 창밖만 바라보기도 했다. 안진진 이모도 갱년기우울증을 이기지 못해 세상을 떠난 것은 아닐까. 다행히 요즘은 자녀를 출가시킨 엄마들이 겪는 빈둥지 증후군과 갱년기우울증에 관심을 갖는다.

안진진 엄마를 보면서 어떤 사람의 삶이 모질고 고생스럽다고 꼭 불행한 것은 아닌 것 같다. 어려운 환경이 그녀를 강하게 만들었고 끊임없이 이어온 사건들은 갱년기를 무심히 지나가게 했으니 말이다. 오히려 평탄하게 살아온 동생의 삶은 미국에서 딸이 돌아오지 않겠다는 선언과 함께 갱년기란 놈을 이기지 못하고 그녀를 죽음으로 내몰았다.

살면서 스크래치 정도는 가볍게 지나가겠지만 가슴에 총알이 지나간 자리는 쉽게 아물지 않는다. 하지만 상처의 흔적이 옹이가 되어 단단하게 삶을 지탱해 주기도 한다. 벼랑 끝에서 생을 마감

하려던 사람이 김창옥의 강의를 듣고 힘을 얻어 살게 되었다고 한다. 상처 많은 강사가 사람을 살리게 했다.

　누군가 말했다. 삶이란 죽음으로 가는 시간에 자신을 내맡기지 말고 시간의 목덜미를 움켜잡고 끌고 가야 한다고.

장진희

jjh2338@daum.net
2018년『문학이후』시 등단

그날 수목원을 거니는 동안 하얀 나비 한 마리가 우리 곁을
맴도는 것 같았다. 우리는 아무것도 해 준 것이 없었는데 곁을
지켜 준 것만으로도 친근하게 생각하는 것이었을까. 작은 나비
에게서 큰마음이 느껴지는 날이었다.

— 「하얀 나비」 中에서

하얀 나비

공원에서 어떤 사람이 갑자기 쓰러지자 지나가던 한 남자가 구했다는 내용의 아침뉴스를 들은 날이었다. 그 남자는 신고도 하고 구급대원이 오는 동안 심폐소생술을 계속했다. 쓰러진 사람은 다행히 의식을 되찾았고 구급대원은 조금만 늦었어도 목숨을 잃었을 것이라고 말했다. 남자에게 고맙다고 인사를 건네자 당연히 해야 할 일을 했을 뿐이라며 유유히 사라졌다고 한다.

심폐소생술 교육을 받은 적이 있었다. 무릎을 꿇고 두 손을 깍지 낀 다음 교육용 인형 가슴에 얹고 삼십 번씩 세 번을 하는 동안 무릎은 아프고 손에 힘은 안 들어가고 강사는 제대로 하라고 계속 주문했지만, 말처럼 쉽지 않았다. 인형을 대상으로 하는 심폐소생술도 어려운데 진짜 사람이 위험에 처하면 과연 할 수 있을지 의문이었다. 심폐소생술은 의식이 돌아올 때까지 계속 해야 한다고 했다. 그날 교육받고 나는 몸살에 걸렸다. 그 정도로 심폐소생술이 힘들다는 것을 알기에 뉴스에서 보여준 남자는 정말 대단한 사람이다.

그 모습을 보자 지난해 집 근처 수목원에서 보았던 기적 같은 일이 떠올랐다. 파란 하늘에는 구름 한 점 없고 이따금 까마귀와 까치가 날고 이름 모를 새들도 날아다녔다. 소나무길 가운데 하얀 나비 한 마리가 낮게 날고 있다. 어째서 사람이 다니는 길 한 가운데 저러고 있는 것일까. 아마도 먹이를 가져가기 위해 애쓰는 것 같았다. 하얀 나비는 우리가 가까이 다가가도 피하지 않았다. 도대체 어떤 먹이기에. 자세히 보니 날개를 접고 누운 또 한 마리의 나비가 있었다. 죽었는지 다쳤는지 꼼짝 하지 않는 누운 나비를 계속 입으로 물어 들어 올리려는 것이었다. 동료 나비가 죽어서 슬퍼서 그런가 하고 생각했다. 그 모습이 하도 애잔해서 혀를 끌끌 차며 바라보고 있는데 멀리서 한 무리의 사람들이 걸어오는 것이 보였다. 우리는 나비 주위에 다른 사람들이 가까이 오지 못하게 지키고 서 있었다.

나비야

일어나서 나와 함께 놀자

나비야
나는 아직 네가 필요해

나비야
네 고운 날개 한 번만 펼쳐 보렴

나비야
어서 저쪽으로 날아가자

나비야
멀리서 사람들이 다가오고 있어

나비야
나비야

하얀 나비는 누운 나비에게 사람들이 다가가지 못하게 하려는 듯 날갯짓이 필사적이었다. 마치 쓰러진 사람 심폐소생술 하듯 누운 나비를 입으로 건들고 또 건들었다.

그렇게 한참 동안 같은 행동이 이어졌다. 많은 사람이 오가는 길 한가운데였다. 이따금 공원을 관리하는 전용 트럭도 다니는 곳이었다. 우리는 그냥 지나칠 수도 없고 누워있는 나비를 옮겨주기도 애매해서 그냥 서서 사람들이 비껴갈 수 있도록 해주었다. 하얀 나비의 날갯짓이 다급해질수록 안타까움도 더해 갔다. 얼마나 시간이 지났을까. 우리는 누운 나비가 살아날 가망이 전혀 없다 생각이 되었고 그 자리를 떠나려고 했다.

그때, 누워있던 나비가 한순간 날아올라 근처 풀숲에 내려앉았다. 나비는 숨을 고르듯 날개를 가만가만 접었다 폈다 했다. 하얀 나비는 그 모습을 보고 안도의 날갯짓을 하며 빠른 음악에 맞춰 춤을 추듯 빙글빙글 돌았다. 우리도 덩달아 기뻐서 손뼉을 쳤다. 하얀 나비는 우리 주위를 돌며 고맙다고 인사라도 건네듯 경쾌한 날갯짓을 했다.

누운 나비가 일어날 수 있었던 것은 하얀 나비가 포기하지 않아서였을 것이다. 연인인지 친구인지 가족인지 그도 아니면 길 가다 우연히 발견한 것인지는 알 수 없었지만, 끝까지 포기하지 않는 간절함이 있었기 때문이었을 것이다.

지금껏 살면서 나비에 대한 내 생각은 그냥 꽃 주변을 날아다니는 곤충 중 하나였다. 그런데 그날 본 그 하얀 나비는 특별했다. 마치 사람처럼 누운 나비를 구하려고 애쓰는 모습이며 자신이 위험할 수도 있음에도 불구하고 피하지 않은 것이며 누운 나비가 깨어나자 기쁨의 날갯짓을 한 것이며 인사하듯 우리 주변을 날아다닌 것까지. 뭐라고 설명하기 힘든 감정이었다.

　뉴스에서 길 가다 쓰러진 사람을 심폐소생술로 살려낸 사람도 같은 마음이었을 것이다. 꼭 살려내야겠다는 간절한 마음이 하늘에 닿은 것이다. 그날 하얀 나비가 한 행동은 그야말로 심폐소생술이었다. 날개를 접은 채 꼼짝도 하지 않은 나비를 끝까지 포기하지 않은 것. 그 정성으로 다시 깨어난 것이다.

　그날 수목원을 거니는 동안 하얀 나비 한 마리가 우리 곁을 맴도는 것 같았다. 우리는 아무것도 해 준 것이 없었는데 곁을 지켜 준 것만으로도 친근하게 생각하는 것이었을까. 작은 나비에게서 큰마음이 느껴지는 날이었다.

꽃이 웃는 소리

"야! 선생님 오신다."

복도 끝에서 망보던 친구가 헐레벌떡 뛰어오며 소리쳤다. 복도
에서 정신없이 놀던 아이들이 우르르 교실 안으로 몰려 들어갔다.
급하게 뛰어 들어가느라 복도에 남은 실내화 한 짝이 선생님께 들
켰다.

"이거. 누구 거야?"

선생님은 한동안 빨지 않아 낡고 꼬질꼬질한 실내화 한 짝을 들
어 올리며 아이들에게 물었다. 아이들은 서로 눈치만 보며 발가락
을 꼼지락거렸다.

장진희

"주인 없으면 버린다?"

선생님이 휴지통에 버리는 시늉을 했다. 그때 앞줄 끝에서 모기만 한 소리가 들렸다.

"제 꺼요."

"아무리 급해도 실내화는 챙겨가야지."

아이들은 일제히 손바닥으로 책상을 두들기고, 교실 바닥을 발로 구르며 박장대소했다. 얼굴이 새빨개진 나는 엉거주춤 일어나 실내화를 받아 신었다.

"진희는 이따가 수업 끝나고 교무실로 와!"

수업 시간 내내 선생님께 혼날 생각을 하느라 집중할 수 없었다. 내가 좋아하는 음악 시간이었다. 선생님은 풍금 소리에 맞춰 선창하면 아이들은 이어서 따라 했다. 하지만 나는 한 소절도 부를 수 없었다.

수업이 끝나고 나는 선생님을 따라 교무실로 갔다. 고개를 숙이고 서서 선생님 말씀을 기다렸다. 선생님은 한참 동안 무언가 찾더니 종이 한 장을 내게 주었다.

"우리 진희가 이번 백일장에서 동시 부문 장려상을 받았더구나. 잘했다."

혼날 줄 알고 긴장하고 있었는데 오히려 칭찬받으니 어안이 벙벙했다. 나는 좋다는 표현을 어떻게 해야 할지 몰랐다. 아무런 말 없이 고개 인사만 하고 교실로 돌아왔다. 친구들은 내가 받은 상장을 보고 잘했다며 격려해 주기도 하고 부러워하기도 했다. 그때부터 나는 가끔 백일장에 나갔고 가끔 상장을 받아왔다. 선생님은 친구들이 모두 보는 앞에서 내게 상장을 전달해 주며 칭찬을 해주었다.

내성적이었던 내가 조금은 밝아졌던 시기였다. 시골 분교 아이들은 일 학년 때부터 육 학년 때까지 쭈욱 한 반이었다. 선생님은 무려 삼 년 동안 우리의 담임을 맡았다.

대청소 시간이었다. 마루로 된 교실 바닥은 이따금 왁스를 칠하고 여러 번 문질러 반질반질하게 윤기를 냈다. 깨끗하게 보이기 위한 청소였지만 어린아이들이 하기에는 귀찮고 버거운 일이었다. 교실뿐만 아니라 긴 복도까지도 왁스칠을 해야 했다. 왁스를 마루에 바르고 문지르면 반들반들 윤이 났다. 이 층과 일 층으로 이어진 복도는 계단이 아니라 내리막으로 되어 있었다. 아이들은 내리막 복도에 광내는 것에 특히 신경을 썼다. 가운데는 물론 가장자리까지 빠짐없이 왁스를 바르고 걸레로 야무지게 문질렀다. 그리고 집에서 기워 만든 도톰한 걸레로 미끄럼을 탔다. 다른 곳은 대충대충 하는데 유독 그곳만은 정성을 들였다.

문제는 일 층에서 이 층으로 올라오는 선생님이었다. 아이들은 선생님이 올라오지 못하게 하려는 의도가 있었다. 수업 종이 울리고 보이지 않는 곳에 아이들이 숨어 선생님을 기다렸다. 잘 닦인 복도를 오르다 미끄러지는 선생님 모습을 보려는 것이었다.

선생님이 저벅저벅 걸어오는 소리가 들렸다. 아이들은 입을 양손으로 막고 킥킥 웃었다.

"어이쿠."

쿠당탕 쿠당탕 미끄러지며 낮은 비명이 들렸다. '와하하하' 아이들이 웃으며 교실로 도망갔다. 한참 후에 선생님이 허리를 툭툭 두드리며 교실 문을 열고 들어왔다.

"앞으로 내리막 복두는 와스칠하지 말도록!"

아이들은 '와아'하고 환호성을 질렀다. 넘어질 정도로 미끄럽게 했다고 화낼 줄 알았는데 오히려 청소하지 않게 되었으니 되려 잘된 일이었다. 그 후로 아이들은 내리막 복도를 미끄럽게 닦지는 않았다. 가끔 교실 문 앞을 반질반질하게 만들어 놓는 악동이 있었지만, 선생님은 다행히도 잘 피해 다녔다.

선생님은 아이들에게 자신감을 키워주려고 늘 색다른 경험을 할 수 있게 해 주었다. 봄이 오면 학교 뒷산에 올라 개나리 진달래 꽃밭에서 보물찾기 놀이를 하였다. 여름에는 학교 근처 냇가로 달려가 함께 물장구를 치며 놀았다. 가을에는 알록달록 단풍 든 나뭇잎을 모아 교실 게시판을 예쁘게 꾸몄다.

무엇보다 기억에 남는 건 겨울 바다 여행이었다. 외지로 나가지 못하는 아이들을 위해 바다 여행을 떠났다. 바다란 땀이 비 오듯이 쏟아지는 한여름에 해수욕하기 위해 가는 것인 줄로만 알았던 아이들은 조금은 얼떨떨한 표정이었다.

사람들도 없는 백사장에서 맞이한 겨울 바다. 차가운 바닷바람을 맞으며 아이들은 무슨 생각을 했을까. 나는 깊고 푸른 바다가 왠지 하늘과 닿아있을 것만 같다고 생각했다. 푸른 하늘과 닿아있어서 푸른 물감을 조금씩 흘려보내기 때문에 바다도 푸른빛을 띠고 있는 것이라는 생각했다. 그때부터였을까. 가끔 몸서리치게 바다가 그리운 날이면 그때 거닐던 겨울 바다가 떠오르곤 했다.

삼 년의 세월이 흐르고 육 학년 졸업반이 되었을 때 중학교 진학 때문에 고민이 깊었다. 초등학교까지도 멀고 힘든 길이었는데 두 배나 더 걸리는 중학교는 엄두를 낼 수 없었다. 무엇보다 육성회비도 내야 하고, 도시락도 싸야 하고, 버스비도 많이 들고, 여러모로 힘든 난관에 부딪혔다.

그때 선생님은 내가 중학교에 갈 수 있도록 할머니와 오랜 이야기를 나누었다. 사춘기에 막 접어든 나는 중학교에 진학할 수 없다는 상실감에 좌절하고 있었다. 선생님과 상담하고 돌아온 할머니는 내게 말씀하셨다.

"선상님이 중핵교까지는 나와야 사람 구실을 한다고, 니를 꼭 보내라고 하드라."

선생님 덕분에 아이들과 함께 중학교에 무사히 진학할 수 있었다.

선생님은 순박한 시골 아이들과 어울리며 때론 친구처럼 때론 아버지처럼 자상하게 대해주었다. 우리가 중학교에 진학하면서

선생님도 다른 학교로 근무지가 바뀌었다는 이야기는 전해 들었
지만 한 번도 찾아뵙지 못했다.

그러다 어느 해 스승의 날, 선생님을 뵈려고 수소문했지만 이미
오래전에 돌아가셨다고 했다. 선생님의 흔적은 강릉 경포대 호반
시비공원에 시비[꽃이 웃는 소리]에 남아있었다. 가끔 가족과 함
께 경포대를 찾을 때면 들르곤 한다. 어릴 적 내 나이만큼 자란 우
리 아이들이 선생님의 시비 곁에서 까르르 웃으며 논다. 꽃처럼
예쁘다.

창덕궁 달빛기행

　하늘하늘 진분홍 고운 모란은 열흘 남짓 화사한 모습으로 피었다가 지고 말았다. 모란이 지는 슬픔을 간직한 봄이 지나고 여름이 시작될 때쯤 생각지 못한 일이 생겼다. 창덕궁 야간관람 할 기회가 온 것이다. 모란이 가져다준 행운이었다.

　창덕궁 돈화문 앞에 백여 명의 사람들이 모여들었다. 멀리 부산에서 온 사람들도 있었고 외국인들도 있었다. 둥근 보름달이 밤하늘 위로 떠올랐을 때 초롱불 하나씩 받아 들고 돈화문으로 들어갔다. 창덕궁 후원이 아름답다는 말은 많이 들었지만, 한 번도 가 본적이 없었는데 밤 풍경은 얼마나 아름다울까. 기대와 설렘으로 가슴이 뛰었다.

　일행은 다섯 개의 조로 나뉘어 이십여 명씩 해설사를 따라갔다. 인정전을 지나 낙선재까지는 낮에 몇 번 가보았던 곳이라 별다른 느낌이 없었다. 우리나라의 마지막 공주인 덕혜옹주가 머물렀던 낙선재를 둘러보고 후원으로 향했다. 후원은 계단식으로 만들어 놓은 화단이 잘 가꾸어져 있었다. 그곳에서 익숙한 꽃나무를 만났는데 자세히 살펴보니 화사한 꽃잎의 모란이었다. 창덕궁 후원을 가기 위해 지난봄 모란을 미리 만났던 것일까. 모란꽃 향기가 아직도 코끝에 맴도는 것 같았다.

　낙선재 후원의 계단을 올라가니 작은 문이 있다. 평소에는 잠가 놓는 곳인데 특별한 기간에만 열어둔다고 한다. 마치 비밀의 문으로 들어가는 기분이 들었다. 그곳에는 이층으로 된 누각인 상량정이 있었는데 덕혜옹주가 어렸을 적 서책을 읽거나 그림을 그리던 곳이었는데 낙선재가 한눈에 내려다보였다.

　잠시 초롱불을 내려놓고 둥근 보름 달빛 아래 마음결을 가다듬은 일행은 둥근 달처럼 생긴 만월문을 지났다. 어두운 길을 따라 한참을 걸으니 커다란 연못인 부용지와 빛을 환히 밝히고 있는 누각 주합루가 나타났다. 주합루는 왕의 도서가 보관되어 있고 왕이 책을 보던 곳이다. 관광객을 위해 불을 환하게 밝혀 둔 것이지만 마치 늦은 시간까지 왕이 서책을 보기 위해 불을 밝히고 있는 것만 같았다. 부용지는 뛰어난 인재가 어진 임금을 만나 용이 되어 하늘로 오른다는 뜻이 담겨 있다.

어두워서 오로지 불빛에 의존해 사물을 봐야만 했다. 창덕궁 후원은 특정한 기간에만 개방되기 때문에 한 번도 본 적 없었는데 처음 방문한 것이 달빛을 따라 걷는 야간관람이었다. 그러니 오로지 불빛에 드러난 형체 외에는 나머지는 상상에 맡길 수밖에 없었다.

일행은 연경당에 들렀다. 연경당은 연회를 자주 열던 곳으로 효명세자가 아버지 순조를 위해 건립한 곳이었다. 효명세자는 아버지에 대한 효심이 지극해서 궁중 행사 때 직접 춤과 노래를 아우르는 정재를 새로 만들거나 재창작해서 아버지에게 보여주었다.

여러 명의 여인이 색색이 고운 옷을 입고 가운데 커다란 항아리에 꽃을 꽂아두고 춤을 췄다. 여인들은 항아리에 있는 꽃을 꺾었는데 커다란 꽃송이는 모란이었다. 모란을 양손에 들고 아름답게 춤을 추는 것으로 제목은 가인전목단이었다. 가인전목단은 오늘날까지도 한국무용에 전승되어 내려오는 것으로 아름다운 춤이다. 효명세자는 아버지인 순조의 뒤를 이어 왕의 자리에 올라 음악과 춤으로 정권을 잡으려고 했다. 하지만 집권한 지 삼 년 만에 피를 토하고 죽고 말았다. 이를 본 사람들은 효명세자의 예악 정치에 불만을 품은 세력들이 독살했다고 수군댔지만, 밝혀진 것은 없었다고 한다.

가인전목단춤이 한창일 때 조명에 비친 관광객들의 얼굴이 비로소 보였다. 젊은 연인도 있었고 중년의 부부도 있었고 노년의 부부도 있었고 외국인도 있었다. 둥근 달빛이 환하게 빛나는 밤에 전혀 안면도 없는 사람들이 한날한시의 한곳에 모여 창덕궁 후원을 거닐었다. 그들의 얼굴은 모란꽃처럼 아름답게 빛나고 있었다.

모란이 피기까지 기다리고 있겠다는 시인의 말. 화사하고 아름다운 꽃을 보면 얼굴이 밝아지고 좋은 일이 생길 것만 같다. 다시 봄이 찾아와 모란이 피기를 기대하지 않을 수 없다. 보름달 밝은 달빛 아래 신비로운 창덕궁 후원을 거닐고 효명세자가 만든 가인 전목단을 볼 수 있었으니 분명 좋은 일이 생긴 것이다. 꽃 중의 왕으로 불리는 모란은 부귀를 상징하는 꽃이다. 슬픈 봄을 보내고 맞은 유월에 마음은 이미 좋은 기억으로 꽉 찬 부자가 되었다.

청 경

chin31@hanmail.net
2023년 『문학이후』 수필 등단

소문 따라 남 따라 괜한 욕심을 낼 일이 아니다. 땀 흘리며 일
해서 받는 월급이 금쪽처럼 귀함을 알게 되었다. 작은 이익에
만족하고 고마운 마음을 내기로 했다. 콩고물 같은 이자로 만
남이 이어지니 그것으로 만족이다.

— 「콩고물」 中에서

콩고물

태양이 이글거리고 몸에서 끈적끈적 땀 배어 나오는 여름이 서서히 물러선다. 신기하게도 입추를 지나며 바람이 변했다. 덩달아 소식 뜸했던 사람들이 안부를 묻고 만나자는 약속도 잡는다. 얼마 전 안 선생님 카톡을 받고 저녁 약속을 했다. 십 년이 넘도록 회비 없이 공짜로 식사하는 모임이다. 일 년에 두 번 만난다. 서로 건강 근황 가족의 안부도 챙긴다.

식구들 저녁 메뉴로 김치찌개를 준비했다. 퇴근하던 신 선생님 차에 얻어 타고 쌈밥집으로 들어섰다. 마침 안 선생님도 도착하여 셋이 마주 앉았다. 안 선생님은 육식을 금하는 페스코 베지테리언이다. 삼십 년 가까이 보는 얼굴들이라 눈빛만 보아도 컨디션을 짐작하고 취향을 아는 편안한 인연이다.

삼십 대 초반 같은 학교에서 만났다. 국어, 수학, 과학 교사로. 성향이 사뭇 달랐지만, 나이가 엇비슷하여 연대 의식이 생기고 호감이 갔다. 같은 학년 담임을 맡아 업무적으로 친하게 되었다. 집에서는 어린아이를 키우는 주부라는 점이 비슷하여 공감대가 많았다. 틈만 나면 이야기꽃을 피우며 갖가지 정보와 고민도 함께 공유하게 되었다. 학교에는 지방에서 대학을 졸업하고 온 선생님들이 고향 출신 선생님보다 훨씬 많았다. 먹이 따라 이동하는 철새 신세와 다를 바가 없다. 각지에서 온 철새들이 텃새보다 많을 뿐더러 고향이 달라 언어와 문화도 미묘하게 다르다. 소통하고 적응하는 데 꽤 시간이 걸렸다. 살아가는 고충을 나누고, 유익한 정보도 부지런히 주고받았다.

철새들이 터 잡고 뿌리를 내리고 살아가기 위해선 넘어야 할 산이 높고 험했다. 작은 아파트 하나 장만하고 아이들 고만고만 유치원 다니던 시절이다. 커가는 아이들 교육과, 미래를 생각하면 늘 경제적 불안이 그림자처럼 따라다녔다. 튼튼하게 뿌리를 내리고 싶은 희망과 기대감에 목말라 있었다. 어느 날 남편이 물어 온 정보에 솔깃했다. 변두리 지역 땅에 투자하여 몇 년 묵히면 꽤 수익이 있을 것 같다는 소식이다. 그 정보의 출처는 공교롭게도 내가 아는 분이다. 귀가 얇아 남의 말을 잘 믿는 편이다. 3년 동안 함께 일하며 보아 온 그분의 평소 행으로 보아 신뢰가 갔고, 좋은 기회라 생각하기에 이르렀다. 손바닥만 한 땅을 사면서 달콤하고 풍성한 과실을 꿈꾸었다. 다음 해 안 선생님이 요즘 오피스텔을 새로 장만했다며, 근사해 보이는 오피스텔 전단지를 갖고 와 보여주었다. 월급 말고 보너스 같은 월세 수입이 생겨서 참 좋겠다며 부러워했다. 안 선생님 얼굴에 등이 켜진 듯 생기가 돌았다.

학교 근무 기간 만기가 되어 각자 뿔뿔이 흩어져 다른 학교로 전근 갔다. 우리끼리 솥방울 친구라 한다. 함께 동고동락하다가 전근 가면 흩어지고 새로운 멤버들과 만나게 된다. 헤어짐이 아쉬워서 모임 통장을 만들었다. 돈 관리는 누가 먼저랄 것 없이 자연스럽게 수학과 안 선생님이 맡았다. 오십 대가 되면 근사하게 해외여행하며 그간의 노고를 위로하는 시간을 갖고자 했다.

통장을 만들고 십 년 정도 지나 사십 대가 되었다. 금융사고가 터지기 시작했다. 안 선생님이 모임을 급하게 주선했다. 저축은행에 있던 회비를 큰 손해 보기 전에 깨야겠다며 의견을 물었다. 조금씩 모은 돈이 꽤 불어났다. 원금과 이자로 나누었다. 안 선생님은 개인 돈은 불리지 못했지만 모임 돈이 불어나서 천만다행이라고 했다. 우리는 역시 수학과 출신이라 돈에 대한 안목과 불리는 재주가 탁월하다며 안 선생님의 안목을 부러워했다. 여행 갈 날은 멀었고, 돈 쓸 일은 많고 급박한 형편이다. 아이들은 대입 준비로 한창 학원비 지출이 많았다. 원금은 다 나누어 갖기로 하고 이자는 통장에 두고 만날 때 식사비로 하자고 의견을 모았다.

그때 받은 원금 목돈은 구름처럼 어디론가 사라졌다. 아마도 아이들 교육비로 요긴하게 쓰였을 것이다. 콩고물 같은 이자가 남아 만남을 끈끈하게 이어주는 힘이 되었다. 맛난 식사를 꽤 오랫동안 하면서, 고소하고 쏠쏠한 수다도 이어질 것 같다.

내가 장만한 그 땅은 꿀 먹은 벙어리처럼 여태 소식이 없고, 안 선생님이 장만한 오피스텔은 손해 많이 보고 처분했는데 더 이상 골치 아프지 않고 앓던 이가 빠진 것처럼 속이 후련하다고 했다. 무섭고 뜨거운 불에 데었던 사람처럼 부동산 투자에 실패하고 상처 입었다. 이제는 그러한 것들에 관심 끄고 돌아앉았다. 안 선생님은 평생 숫자 공부하고 수와 씨름하며 학생들과 잘 지냈어도, 목돈 불리는 재주와는 아무 상관이 없고, 먼 나라 이야기라며 웃었다.

나도 그 경험을 통하여 행여나 혹시나 어떻게 돈을 불릴까 하는 허망한 욕심을 버리게 되었다. 소문 따라 남 따라 괜한 욕심을 낼 일이 아니다. 땀 흘리며 일해서 받는 월급이 금쪽처럼 귀함을 알게 되었다. 작은 이익에 만족하고 고마운 마음을 내기로 했다. 콩고물 같은 이자로 만남이 이어지니 그것으로 만족이다.

안 선생님은 오는 겨울, 알토란 같이 잘 키운 딸 결혼식 준비 차 상견례를 했다. 그 자리에서 예비 사위에게 식탁에 고기는 올리지 못하니 육류 대접받을 생각은 말라고 했다. 솔직하다. 아이

들 잘 성장하는 것보다 더 큰 보람이 없다. 결혼식에 신부와 더 예
쁜 혼주의 모습을 상상하며 헤어졌다.

장수시대

휴대폰 알람이 울렸다. 아마도 주문해 놓은 음식이 배달 중이라고 뜬 메시지일 것 같다. 금요일 늦은 저녁. 남편이 외식하고 온다는 말에 어머니, 딸과 함께 소박한 저녁을 먹고 쉬고 있는데 남편이 퇴근했다. 직원들과 전복밥으로 회식했는데 찬이 부실했던지, 허전하다며 딸에게 치킨 먹을까 묻는다. 이럴 때 딸은 든든한 아빠 편이다.

퇴직하고 집에서 전업주부의 삶을 살고 있다. 살림 솜씨는 어수룩하다. 큰 변화는 수입은 줄었고, 9시부터 오후 6시까지 소중한 시간이 생겼다. 시간을 어떻게, 무엇에 활용할까가 큰 숙제다. 딱히 외출할 일이 없으니 옷이나 신발, 가방 등 다른 씀씀이는 줄일 수 있는데 식비는 그럴 수 없다. 오히려 더 신경이 쓰인다. 수입에 맞추어 지출을 계획하고 규모 있게 써야 하는데 그건 순전히 나의 사정이고, 바깥 장바구니 물가는 경제 상황, 계절에 따라 들쑥날쑥하니 내가 맞춰야 하지만 쉽지 않다.

새롭게 살림하는 것처럼 설레는 구석도 있다. 무엇보다 된장, 고추장을 직접 담그고 싶었다. 수소문하여 아파트에서 담글 수 있는 세트 파는 곳을 찾았다. 과학 실험 세트처럼 놀랍게도 메주, 소금, 적정량의 생수, 누름뚜껑이 포함된 통까지 배달되었다. 순서와 방법까지 함께 들어있다. 된장 장인이 만든 곳이라 믿고 따라했다. 간을 보며 매일 들여다보는 재미가 쏠쏠하다. 80일 정도 베란다에서 숙성한 후 된장을 갈랐다. 해가 충분히 들지 않는 베란다여서 김치냉장고에서 천천히 숙성하는 방법을 택했다. 유해한 곰팡이가 생겨 상할까 염려되었다. 내친김에 그 집에서 고추장 세트도 구입했다. 된장과 달리 고추장은 바로 먹어도 빛깔, 맛 모두 흡족하다. 마른 멸치를 프라이팬에 덖어서 고추장과 함께 상에 올렸다. 진짜 주부가 된 기분이다. 손수 장을 만들고 요리하는 기쁨은 쏠쏠하다.

전보다 장 보는 방법이 다양해졌다. 이름 있고 신뢰도 높은 포털 사이트 카페에서 생산자가 직접 판매하는 농산물을 구매하고, 축산물은 따로 전문 온라인 매장에서 행사할 때 넉넉히 구매하기도 한다. 품질과 가격을 저울질하며 장을 보는 편이다. 그런데 빠트리거나 필요한 물건이 소소하게 매일 생긴다. 그럴 땐 집 앞 마트에 간다. 마트에서 제값 다 주고 살 때는 왠지 손해 보는 느낌도 든다. 대형마트에서 1+1 행사할 때 사야 하는 거 아닌가 하고 스스로 검열한다. 최근에 생긴 버릇이다.

신문을 보니 못생긴 농산물만 판매하는 온라인몰이 꽤 성행한다는 소식이다. 자세히 메모하고 사이트를 둘러보았다. 유기농 농산물인데 겉모양이 울퉁불퉁하고 크기가 고르지 못한 것들은 판로가 막혀 생산자의 시름이 크다. 쌓이는 재고를 해결하고자 소비자와 연결해주는 쇼핑몰이다. 와 정말 좋은데. 쇼핑몰사이트 운영자의 아이디어에 박수를 보낸다. 생산자의 시름도 덜고 주머니 가벼운 소비자도 좋으면 그만이지. 함께 시름을 덜면 이보다 더 좋은 일이 어디 있는가. 농산물을 유효기간 안에 판매해야 하기에, 긴급 구출이라는 경고등 아래 상품 제목과 생산자가 소개된다. 무선별 양파, 못난이 당근, 어글리 파프리카 등으로. 정상 가격보다 꽤 저렴하다. 겉모양이 무슨 대수냐 실속이 있어야지 건강한 먹거리인가 그 점이 중요하다. 유기농이고 영양가 좋고 싱싱하면 그만이지. 감자를 신청했다.

택배로 도착했다. 강원도 산이다. 겉모양과 크기는 예상한 그대로이다. 갈라지거나 흠이 많은데 가격 대비 양이 많고 싱싱하다. 다듬는데 제값 주고 산 것보다 훨씬 손이 많이 간다. 깨끗하게 씻고 다듬고 나서 요리하고 먹어보니 포실포실 부드럽고 순한 맛이 살아있다. 부지런한 농부의 아낙 모습이 눈에 선하다. 택배 아저씨를 통해 아낙의 손에서 나의 손으로 바로 건너온 감자는 밥상에서 온기를 피워낸다.

못난이 감자는 도매상으로 가는 운송 절차가 빠졌고, 도매상의 빛처럼 빠르고 현란한 눈치 싸움과 손놀림의 경매 절차를 거치지 않았고, 경매 후 마트로 가는 절차도 빠졌다. 사람의 손을 거칠수록, 단계와 절차가 복잡할수록 가격은 오른다. 누군가의 손을 거칠 때마다 대가를 함께 치러야 하는 건 최종 소비자다. 생산자와 운송자, 경매자 택배자 소비자 서로 기대어 목숨을 붙이고 산다. 노동자이자 생산자인 아낙의 주머니가 두둑해진다. 못난이 감자가 구출되어 아낙의 얼굴도 밝게 펴지길 기대한다.

꽤 매력적이다. 자꾸 손이 간다. 어글리 파프리카도 괜찮고, 제주 무도 좋다. 최근엔 장 보는 시야가 넓어졌다. 때와 장소, 방법의 확장이다. 오후 동네 공원을 산책하다 가끔 대형 마트에 들른다. 진열대도 올해 들어 변화가 많다. 1인 가구가 늘어나는 추세에 맞추어 소포장이거나 밀키트 식품, 완조리 식품매장 영역이 늘었고 포장과 진열도 깔끔해졌다. 예전에 비해 시간이 넉넉하여 상품과 가격을 꼼꼼하게 살필 여유가 생겼다. 맛난이 농산물 코너도 있다. 맛과 품질은 그대로인데 모양이 울퉁불퉁하고 크기가 들쑥날쑥하다. 가격은 조금 저렴하다. 소비자 선택의 폭이 넓어져서 다행이다. 주머니 사정과 취향에 따라 고를 수 있다. 예전엔 몰랐는데 한쪽 구석 이동식 카트에 유효기간이 살짝 지난 상품들이 옹기종기 담겨있다. 신선도를 살피며 가격표를 보니 15 - 30% 정도 할인된 새 가격표를 원래 가격표 위에 붙였다. 버섯류는 색이 변했고, 채소는 시들하다. 쓸만한 것이 있나 살피니 단단한 마늘, 짭짤이 토마토는 그런대로 괜찮았다. 무슨 횡재라도 한 것처럼 반갑게 골라 담았다. 주위를 보니 예쁘고 젊은 새댁도, 보행 보조기를 밀고 온 허리 구부정하고 다리 불편한 할머니도 이리저리 골라 담는다.

저녁 메뉴는 무엇으로 할까. 집에 있으니 밥상에 콩나물무침이라도 하나 더 올려야 할 것 같은 부담감이 커졌다. 부지런하게 움직여야 할 것 같다. 시간은 상대적으로 더 빠르게 흐르는 느낌이 든다. 일없이 해를 보냈는데, 이래도 될까. 이렇게 살아도 괜찮을까 고민된다. 100세, 아니 재수 없으면 120세까지 산다는 장수 시대가 반갑지만은 않다. 내가 장수하리라는 보장은 없지만. 건강한 먹거리와 소박한 밥상을 선택한다. 가능한 내 손으로 지은 밥을 먹고자 한다. 장수시대 밥상 물가와 가족 건강에 대처하는 방식이다.

건강하게 몸을 움직이며 사는 날까지 살고 싶다. 몸과 마음을 스스로 돌보고 챙길 수 있어야 장수시대 가장 큰 삶의 행복이라 생각한다. 운동, 다른 사람과의 관계도 중요하지만 소우주인 몸과 마음을 지키는 것은 무엇을 어떻게 먹느냐 하는 섭생이 기본이다. 음식이 몸을 만들고 마음을 이루기 때문이다. 나를 돌볼 수 있을 때 주변을 살피고 돌볼 힘이 생긴다. 비행기 탈 때면 산소마스크를 먼저 쓰고 아이나 이웃을 살피고 도우라는 안내가 여러 상황에서 적용될 순서라 생각한다.

세련된 배달 아저씨는 초인종을 누르고 포장된 음식을 문 앞에 놓고 바람처럼 사라졌다. 가끔은 궤도를 이탈해야 할 때가 있다. 내 손으로 만들 수 없는 음식들 앞에선 인정하고 작아진다.

이어폰

    목요일 오전 커피랩에서 라떼아트를 배우는 중이다. 커피머신 넉 대가 놓여있고 테이블 여섯 개가 놓여있는 교육장이다. 에스프레소 커피에 우유 거품을 내어 섬세한 손기술로 하트를 만든다. 남이 해준 라떼를 참 예쁘다고 생각하며 무심코 마셨는데 내가 몸으로 익히는 과정은 어렵다. 몇 주째 바리스타용 우유 2통씩을 연습 중이다. 라떼 아트를 위해서는 적절한 우유 거품이 필수다. 그 다음 세심한 손 기술이다. 거품의 두께, 탄성, 온도가 적절해야 한다. 눈으로 적절한지 알 수 있지만 먼저 거품을 만들 때 소리만 듣고도 적절한 거품인지 고수들은 알아챈다.

아, 공기 끝! 하는 딸 같이 젊은 선생님 소리에 놀라 왼손으로 우유가 담긴 피처를 아래로 내린다. 실장님은 반대쪽 구석에 있는 커피 머신 앞에 서서 다른 수강생을 눈으로 보면서 나에게 이른다. 선생님은 우유 거품기 소리만 듣고도 공기의 양과 거품 상태를 정확하게 안다. 우유 거품기를 끄고 피처에 담긴 우유 거품을 자세히 살피니 라떼가 아니라 카푸치노에 적절한 거품이다. 공기 주입 양이 많아 거품이 거칠고 두껍다. 선생님 몰래 거품을 숟가락으로 여러 번 걷어냈다. 집중하고 조심스레 에스프레소에 우유를 부어 안정화한 후 우유 거품으로 하트를 만들었다. 주눅이 들어 점점 모양이 흐트러진다. 뭉툭한 하트 모양이 나왔다.

　연습 또 연습 중이다. 일 분도 채 안 걸리는 짧은 작업 순간에 거품의 품질이 결정된다. 우유에 공기 주입하는 소리, 곱게 거품이 만들어지는 소리가 날 때 얼추 비슷한 하트모양의 커피 라떼가 만들어졌다. 그동안 선생님 귀가 얼마나 힘들었을까 싶다. 둔하고 어설픈 손과 귀 감각으로 우유 거품기를 돌리고 또 돌려댔으니. 머리로 기억하는 것보다 몸으로 익혀가며 터득하는 길은 어렵다. 연습만이 통한다. 단순 반복하면서 체득하는 일이다. 우유 몇 통씩 얼마간 더 연습하면 거품기 소리만 듣고도 스스로 고개를 끄덕일 날이 오고야 말리라. 손의 세심한 작업을 귀가 알아채는 그때가.

　오후 3시 50분 알람이 울린다. 퇴직 후 예약한 기분 좋은 산책

일정이다. 오후 4시 즈음 햇살은 펄펄하던 기세가 누그러져 호수의 물처럼 여유롭고 낭창낭창 버들가지처럼 부드럽다. 인생살이를 하루에 비하면 내 나이가 딱 그즈음을 지나고 있다. 하던 일 멈추고 공원으로 가볍게 나선다. 공원 입구를 지나 넓은 원형 광장을 지나면 호수를 낀 산책로가 근사하다. 벚나무가 산책로 양쪽에 줄 서 나뭇가지로 터널을 이뤄 그늘이 시원하다. 바람이 산들산들 불면 나뭇가지가 흔들리며 햇빛이 나뭇잎 사이로 은구슬처럼 흔들리며 부서진다.

산책로 입구에 긴 의자가 양옆으로 놓여져 있다. 어르신들이 삼삼오오 앉아서 쉰다. 대부분 남자다. 휠체어를 끌고 나온 분도 있다. 정자에는 장기판을 가운데 두고 흥미진진하게 대결이 벌어진다. 가끔 까르르 웃는 소리가 듣기 좋다. 어떤 분은 혼자 앉아서 돌아와요 부산항에 노래를 크게 틀어놓고 싱글벙글한다. 뜬금없이 크게 틀어놓은 가요 소리는 생뚱맞게 들린다. 혼자 이어폰을 끼고 들으면 얼마나 좋을까. 귀에 거슬리는 날이 있다. 그 시간에 산책하는 분들도 다양하다. 가끔 젊은 대학생도 보인다. 육상부인 듯 옷차림이 다르고 뛰는 폼이 날렵하다. 유모차를 끈 젊은 새댁, 강아지를 태우고 가는 애견팀들도 있다. 구부정한 허리를 하고 보행 보조기를 밀고 가는 어르신들, 이어폰을 끼고 벤치에서 책 보는 여인들, 참 보기 좋은 풍경이다. 가끔 벤치에 길게 드러누워 있는 아저씨도 그런대로 괜찮다. 나름대로 자연에 기대어 휴식과 충

전의 시간을 보내는 중이다. 동네에 이렇게 근사한 공원이 있는 건 다행이고 기쁨이다. 걸으면서 그 아저씨와 만나지 않기를 바란다.

남녀노소 혼자 또는 둘씩, 친구 서넛씩 다양한 모습으로 느긋한 오후를 즐기며 걷는 길에 자전거를 탄 아저씨가 쌩 지나간다. 자전거 앞 바구니에 네모난 스피커를 실었고 영일만 친구 노랫가락이 크게 들리자 걷던 사람들 모두 걸음을 멈추고, 고개를 돌려 쳐다본다. 아저씨 얼굴은 신나는 듯 기쁨의 표정이다. 순간 사람들은 얼굴을 찌푸린다. 특히 이어폰을 끼고 걷던 젊은이들은 어이가 없는 듯한 표정을 보낸다. 내가 다 무안하다. 태풍이 지나간 것 같다. 공원의 고요와 경쾌하게 흐르는 물소리, 아름답게 지저귀던 새소리를 쓸고 갔다.

새들도 놀랐는지 잠잠하다. 나뭇잎이 풍성한 곳을 올려다보니 연분홍색 꽃이 환영처럼 화사하게 피었다 진 자리에 초록빛부터 검은색 열매까지 익어가는 순서대로 일곱 색의 작은 버찌 열매가 구슬처럼 주렁주렁하다. 벚나무, 이팝나무, 버즘나무, 대왕참나무, 모감주나무, 배롱나무 등 공원수들은 차례로 꽃을 피워내고 그 자리에 보석 같은 열매를 달고 풍성한 그늘을 선사한다. 일 년 내내 아름다운 풍경과 덤으로 신선한 공기를 선물한다.

학창 시절 시골에서 학교까지 길은 십 리 족히 되게 멀었다. 버스도 없고 걸어 다녔다. 배고프고 나른한 여름 하굣길에 검은색 열매를 하염없이 따먹고 입 주변이 검게 변하여 서로 쳐다보며 웃던 친구들 얼굴도 떠오른다. 버찌 따서 먹고 깔깔대느라 힘든 줄을 몰랐다. 매미소리도 쉬지 않고 사방으로 퍼져갔다. 지금 공원의 버찌는 아무도 먹지 않는다. 콘크리트 바닥에 까만 버찌 열매가 뭉개져서 얼룩무늬가 선명하다.

그 아저씨 오늘은 또 올드 팝송을 크게 틀어놓고 쌩쌩 지나간다. 나도 모르게 주변을 살핀다. 한편으로 생각하니 팝송이 반갑다. 가끔 이런 파격이 웃게 하고 너그럽게 수용하는 마음을 갖게 한다. 노래로 세대를 구분 짓기도 하고, 전 세대를 뭉치게 하기도 한다. 하여 팝송은 다양한 사람이 모여 있는 공원에 생기와 활력을 선물한다 생각하니 웃음이 난다. 소리가 웅성거리는 생의 찬란함은 지금. 그 아저씨는 이어폰이 있는지 궁금하다.

황복선

llbsll@daum.net
2012년『문학이후』수필 등단. 수필집『이따가 부부』

그래도 밥을 함께 먹는다는 것은 단순히 먹는 것이 아니라 서로 소통하는 시간이다. 그 시간만큼은 하루 있었던 일을 나누고, 자식들의 일은 함께 고민하며, 그날 있었던 수많은 감정을 먹기보다 쏟아내는 시간이다.

— 「혼밥」 中에서

혼밥

아차 싶었다. 복지관 엘리베이터에 걸린 요리사 모집한다는 포스터를 보지 말았어야 했다. 가족에게도 시간과 노력을 아까워하던 내가 아니었던가. 생각 없이 지원하고 나서야 후회가 밀려 왔다. 도로 물릴 수도 없는 노릇이니 이왕지사 이렇게 된 거 보조나 해야겠다고 생각했다.

살면서 봉사를 단 한 번도 해보지 않았다. 요리사가 두 명이라니 다행히 보조는 할 수 있겠다 싶었다. 미팅 장소에 가보니 할머니 한 분이 앉아 있다. 그럴 리가 없겠지, 하는 생각은 했지만 어째 분위기는 그녀가 요리사로 지원한 것 같다. 염려하던 일은 일어나고야 말았다. 그녀는 요리사를 왜 모집했는지, 누구에게 가르쳐야 하는 것인지, 취지가 무엇인지조차 알지 못했다. 그저 봉사나 하려고 왔다는 것이다.

복지관에 가면 여인들의 천국이다. 노래교실 요가 밸리댄스 기초영어 태극권 하프 등을 통해 소통도 하고 더러는 친분이 쌓이면 밖에서도 만난다. 반면 남자들은 여자들 하는 것에 좀처럼 섞이지 못하고 고립되어 간다. 더군다나 남자 독거노인들은 은폐되거나 소통의 어려움이 많다. 그래서 복지관의 의도는 요리하면서 소통이라는 것을 하자는 취지이다. 졸지에 생각지도 않게 요리 선생이 되었다.

음식을 그저 나 먹자고 하던 내가 남자 어르신들에게 요리를 가르치기 위해 때 늦은 요리연구를 하며 머리를 쥐어짜는 중이다. 유튜브를 들여다보고 재료를 사다가 해보기도 하면서 맛과 동시에 멋을 내본다.

쉬우면서도 맛있는 오이김치 깍두기 꽈리고추볶음 장조림 같은, 다행히 어르신들은 잘 따라했다. 그들은 요리 교실에 나오기 전에는 서로가 모르는 사이였다. 이렇게 요리를 함께 하다 보니 이웃을 알게 되고 소통을 할 수 있다며 은근히 이 시간이 기다려진다고 한다. 처음에는 어색했던 분위기가 소란스럽다.

오늘은 불고기와 오이냉국을 한다. 지난주에 복날이라 삼계탕을 끓였는데 어르신들이 땀을 뻘뻘 흘려 이번 주는 불을 쓰지 않고 할 수 있는 요리를 선택한 것이다. 특별히 어르신들이 2인분을 해서 1인분은 또 다른 처지가 같은 어르신들에게 나눔을 하기로 했다. 비록 칼질도 서툴고 모든 것이 어설프지만 모두 열심히 한다. 불고기를 나누면서 내가 한 것이 제일 맛있을 거라며 손수 해서 나눈다는 뿌듯함이 어르신들 얼굴에 한가득 이다.

더군다나 요리가 끝나고 나면 복지사 선생님이 혼자 뒷마무리를 한다고 하니 모두 설거지까지 거들었다. 어르신들이 감히 반찬을 만들어 나눔을 한다는 것을 상상이나 했겠는가. 서로 고독한 사람들끼리 소통하고 나누며 살아간다는 것을 경험하기는 그들도 나도 처음이리라.

저마다 어떤 사연으로 혼자 사는지 잘 모른다. 이렇게 만든 반찬을 가지고 가서 밥을 함께 먹을 사람이 있으면 좋겠다고 생각했다. 혼자 먹는 밥은 쓸쓸함 그 자체라는 것을 누구보다 잘 알기 때문이다.

오랫동안 나의 잘 차려진 밥상에 손 하나 까닥 않고 숟가락만 들고 덤비던 남자가 있었다. 퇴근 후 쉬지도 못하고 서둘러 밥상을 차렸다. 떡하니 밥상을 차려주면, 주인처럼 날름 밥을 퍼서 입으로 옮기는 그 남자는 염치만 없는 것이 아니라 눈치도 없었다.

밥상을 다 차리고 돌아서서 밥을 먹으려고 하면 벌써 반찬이 다 거덜 나고 빈 접시만 달랑 남았다. 둘이 먹는 밥상에 생선이 두 토막이면 분명 한 토막은 부인 몫인 것을 모르는 남자였다. 밥을 먹었으면 양심상 설거지는 자기가 해야겠다고 생각해야 옳았다. 그런데도 숟가락 몽댕이 하나 닦아주지 않으면서 마누라가 애써 차려 놓은 밥상을 통째로 해치우다니, 생각할수록 괘씸하다. 이해가 되지 않았다.

똑같이 출근했다 들어 와서 나만 밥을 한다고 생각하니 억울했다. 그래서 내가 먹기 위해 밥을 한다고 주문을 외웠다. 그래야지 덜 억울할 것 같았다. 그것도 직장 다닐 때는 아침저녁이었지만 정년퇴직 후에는 아예 하루 세끼를 그랬다. 그래도 조금은 양심이 있었는지 밥 달라는 말은 하지 않았다. 그렇게나마 같이 먹던 사람이 어느 날 고맙다는 말 한 마디 없이 떠났다.

혼자 살면서 내 입맛대로 맛있는 것 맘껏 해먹을 줄 알았다. 그런데 어찌 된 일인지 그저 끼니를 때우는 형식이 아닌가. 분명 나 먹자고 차려 놓은 밥상에 숟가락 얹는 그가 미웠는데 떠나고 나서야 비로소 밥상이 썰렁하다는 것이 느껴졌다. 당황스러웠다.

처음에는 그래도 격식을 차렸다. 큰 접시에 뷔페처럼 먹다가, 이젠 아예 반찬통째 놓고 접시도 필요 없다. 더군다나 지금은 밥을 물에 말아 한술 때우고 있는 것이 아닌가. 나 스스로도 깜짝 놀랐다. 같이 산다는 것은 더불어 나도 챙기고 있다는 것을 이제야 알았는데 그는 이미 떠나고 없다.

여자인 나도 그렇건만 남자들은 오죽할까. 숟가락만 들고 살아가던 그 남정네들이 부인을 떠나보내고 스스로 차리는 밥상은 보지 않아도 불 보듯 빤한 일이다. 쓸쓸함은 밥을 혼자 먹는 남자 어르신들의 일상이 되고 앞으로 살아가는 동안 긴 여정이리라.

요즘은 반찬가게에 가면 입맛대로 골라 먹을 수 있게 없는 반찬이 없다. 마트에도 물만 부으면 되는 국이 있고, 2분만 전자레인지에 돌리면 기름이 짜르르 도는 밥도 있다. 반조리식품이 잘 되어 있어 특별히 여자의 손길이 필요 없다.

그래도 밥을 함께 먹는다는 것은 단순히 먹는 것이 아니라 서로 소통하는 시간이다. 그 시간만큼은 하루 있었던 일을 나누고, 자식들의 일은 함께 고민하며, 그날 있었던 수많은 감정을 먹기보다 쏟아내는 시간이다.

어르신들의 칼질 소리가 경쾌하게 들린다. 오늘은 특별히 혼자 먹는 밥의 쓸쓸함을 덜기 위해 밥을 지어 이야기와 함께 버무려 먹어야겠다.

욕심

손주는 유치원 차에서 내리면 무조건 놀이터로 달린다. 나는 벤치에서 스포츠 감독처럼 손주의 움직임을 눈으로 주시한다. 이제 제법 커서 다칠세라 따라다니지 않아도 잘 뛰어논다. 손주는 친구들과 놀다가 부탁할 일이 있으면 할머니인 내게 말하지 않고 친구 엄마를 찾는다. 이건 뭐 투명인간 취급이다. 민망하다.

같이 놀던 사촌들이 케냐로 긴 휴가를 떠났다. 손주는 끈 떨어진 아이처럼 어떻게 놀아야 할지 할머니만 연신 불러대며 막막해 했다. 그러더니 어느새 놀이터에서 친구와 누나, 형들을 사귀어 사촌들보다 더 친숙하게 자기가 주인공이 되어 아우르며 잘도 논다.

벤치에 앉아 아이들 노는 모습을 무심히 바라본다. 초등학교 아이들은 그네를 탄다거나 줄넘기를 하기도 하고 또는 또래끼리 둘러앉아 스마트폰을 보면서 얘기를 나누다가 흩어진다. 가만히 보니 학원 갈 시간인가 보다. 목에 타이머를 맨 아이도 있고 어떤 아이는 엄마의 벨 소리가 울리면 한 십 분만 더 놀면 안 되냐고 애원하는 아이도 있다. 더 놀고 싶은 마음을 뒤로하고 각각 집으로 학원으로 아쉬운 발길을 돌린다.

그 아이들을 가만히 보고 있자니 내 어린 시절이 생각났다. 내가 열 살 때 막냇동생이 태어났다. 그때는 잘 몰랐는데 지금 와서 생각하니 요즘 젊은 엄마들처럼 나는 산모 스트레스와 심지어 산후우울증까지 겪었다. 친구들과 놀 수 있는 저녁이 되면 엄마는 동생을 내 새끼인 양 떡하니 등에 거북이 등딱지처럼 척 두른다.

동생을 업고 친구들의 뛰는 모습을 부러움에 바라만 봤다. 친구들이 줄넘기를 뛸 때면 동생이 잠들기만 하면 나는 더 잘 뛸 수 있다고 기다리라고 외쳤다. 어찌어찌해서 동생이 자나 싶어 가만히 누이면 얄밉게도 깨고 만다. 다시 몇 차례 끝에 재우고 나면 어느새 해는 기다리지 않고 꼴깍 넘어갔다. 엄마는 놀고 싶은 내 마음은 알려고도 하지 않았다. 다음 날도 그 다음 날도 동생의 무게를 내 등에 지어야만 했다.

지금의 아이들은 내 어릴 적과는 사뭇 양상이 다르다. 요즘은 동생을 볼 필요는 없지만 학교가 끝나면 바로 학원으로 간다. 학원으로 가기 전 짬짬이 노는 아이들은 조금 더 놀고 싶은 마음에 엄마에게 사정을 해보지만 어림 반 푼도 없다. 공부에 시간을 내어주고 노는 시간을 부모의 허락을 받아야 한다니 왠지 그것 또한 안타깝고 씁쓸하다.

나는 손주를 보통 두 시간 이상 놀이터에서 놀린다. 본인이 지치고 힘들어야만 들어간다. 어떤 때는 밥 먹으면서 졸기도 하고 부모가 오기도 전에 잠들기도 한다. 손주를 놀이터에서 놀리는 것은 순전히 내 욕심이다. 욕심은 여기서 끝나지 않는다.

손주에게 정서적 향기를 심어주기 위해 시간 되는대로 바다로 습지로 데리고 다닌다. 내 살던 고향 동네에 푸른 바다가 있었다. 일렁이는 바닷가는 오빠와 나의 놀이터였다. 그 짭조름한 내음이랄까 그 내음에 이끌려 이곳 소래습지에 발길이 닿는다. 고향이 생각날 때마다 찾아온다. 이곳에 손자를 데리고 찾아왔다.

해당화가 무리지어 핀 제방 뚝을 걸어가다 보면 샤르르 눈 감기는 향기가 난다. 그 화사한 빛과 매혹적인 향기는 강원도 바닷가에서 자란 내게 그리움으로 다가온다. 해당화의 붉은 꽃도 내 마음의 한 폭의 수채화가 되었다. 오빠와 해당화가 피어 있는 신작로를 열매를 따 먹으며 걸었다. 조금 따가웠지만 새콤달콤한 그 맛과 향기는 내 일생의 밑그림이 되었다.

손주는 씽씽카로 쭉쭉 달리고 나는 뒤에서 천천히 따라간다. 해당화 향기에 취해 걷고 있는데 손주가 보이지 않는다. 깜짝 놀라 한참을 두리번거리니 해당화 숲에서 씽씽카를 끌고 나온다. 아이를 바라보니 팔이 많이 할퀴었다. 장미 가시 같진 않지만, 해당화도 그 못지않게 날카롭다. 보아하니 씽씽카를 신나게 타다 실수로 쓰러진 모양이다. 아이는 놀라 아프다는 말도 하지 못하고 그저 울먹울먹한다.

살면서 이런저런 일들을 만났을 때 내 삶을 밝은 빛으로 그릴 수 있었던 것은 어릴 적 기억들이 정서적 밑그림이 되었기 때문이다. 그 그림 위에 칠을 할 때는 언제나 그리움의 색과 향기로 입혀졌다. 나는 손자에게 지금의 향기와 기억들이 밑그림이 되길 바라는 욕심이다.

소래습지에는 묵은 갈대가 키대로 너울거리고 오월답게 연초록의 새 갈대가 서로 키 재기를 하고 있다. 풍차 주변, 지는 햇살에 더욱 반짝이는 뻘기꽃을 손주의 마음에 그려 넣고 싶다. 해가 뉘엿뉘엿 넘어가고 있다. 길가에 노랗게 피어 있는 괭이밥이 밤을 맞을 준비로 분주해 보인다. 그곳에 손주를 세우고 한 컷 찍는다. 그 사진은 손주에게 잊지 못할 명화가 되리라.

나는 아이가 이런 하나하나가 좋은 추억으로 남아 살아가면서 슬플 때는 목 놓아 울 줄도 알고 기쁠 때는 크게 웃을 줄 아는 그런 아이로 자랐으면 한다. 공부도 중요하지만, 자연의 이치를 알려주고 싶다. 내가 손주를 많이 데리고 다니는 것은 그림 속에 주인공은 언제나 너라는 것을 알려주고 싶은 욕심에서이다.

소래습지를 돌아 나오며 손주의 마음에 붓으로 점하나 찍어 넣는다.

쉼표

안산식물원에 들어서니 할미꽃들이 군데군데 피어 있다. 은은하고 도도해 보이기보다 햇살에 그저 평화로워 보인다. 그 꽃들 사이에 슬쩍 걸쳐 앉아 이리저리 둘러본다. 박쥐란이 공중에 있는 습기를 먹고 자라서인지 이곳저곳에 멋스럽게 매달려 있다. 아직 이른 봄이라 꽃이나 나무를 보기 힘든데 이곳에 오니 벌써 봄이 한창이다. 매화도 진 듯 핀 듯 야릇한 표정이다.

남부전시관으로 발길을 돌려본다. 작은 화분에 봄이 한가득 차려져 있다. 조금 지나니 영춘화가 나를 기다리다 지친 낮 빛이다. 곳곳에 할미꽃들이 쉬어 갈 수 있게 휴식 공간이 마련되어 있다.

열대관 양쪽 입구에 부겐베리아가 아치 형태로 활짝 피어 사람들의 마음을 훔친다. 이제껏 보던 강렬한 색이 아니라 연한 핑크빛 꽃받침, 포엽이다. 화려한 포엽 덕분에 곤충들이 찾아와 수분 수정을 돕는 것처럼 잠시 나도 포엽에 매료되어본다. 한 발짝 발을 들여놓으니 무성한 정글 숲속으로 빨려들어 간 느낌이다.

꽃들도 제각기 자기들만의 살아가는 방식이 있다. 몬스테라는 키가 크고 무성하다. 혹여 자신의 몸과 형제들에게 피해를 줄까 봐 잎에 구멍을 내어 빛을 나눈다고 한다. 식물들도 저마다 질서를 지키며 살아간다. 제각기 언제 피고 언제 지는지를 정확히 알 건만 무조건 달려온 나는 식물원에 와서야 나의 진심이 무엇인지 되돌아본다.

나는 손주를 보는 할미꽃이다. 매일 아침 딸네 집으로 향한다. 큰딸네 손녀 둘과 작은딸네 손자를 한꺼번에 돌본다. 셋을 본다는 것은 예삿일이 아니다. 꽃들이 어렸을 때는 내 맘대로 작은 화분에 옮겨 심어도 되었다. 손주들도 그랬다. 조금 크니 서로 자기주장이 만만치 않다. 옷도 맘에 들지 않으면 몇 번이고 새로 입혀야 했다. 등교 시간을 맞추기 쉽지 않다. 유치원 보내고 길게 한숨을 내 쉰다. 그것도 잠시 어느새 하교 시간이다. 셋이서 서로 자기 집과 놀이터로 가자고 고집을 피운다. 자아가 크는 아이들을 나는 감당하기가 벅차다. 한바탕 소란스럽다.

막내 손주는 업고 안아 달라고 생떼가 이만저만 아니다. 할미꽃은 점점 다리가 아프고 지쳐가기 시작했다. 자식들 앞에 절대 아프다고 징징거리지 말아야지 다짐을 했건만, 손주들이 부르기만 해도 나는 다리가 아프다는 말을 입에 달고 살았다. 아프기 전에는 행복했던 일이 꼭 박쥐란이 내 몸에 달라붙어 있는 것같이 버겁다.

쉬고 싶어도 쉴 수가 없다는 막막함이 온몸을 조여 온다. 손주를 보는 일은 분명 가치가 있는 일이다. 그래서 딸들이 부탁할 때 선뜻 받아들였다. 요즘처럼 아이들을 낳지 않는 시대에 손주 셋을 볼 수 있다는 것은 분명히 행복한 일이다.

딸은 직장과 육아를 병행했다. 힘들 때 쉼표하나 찍기가 그 얼마나 힘이 들었겠는가. 나는 딸에게 인생은 생각보다 길다고 조금 늦게 가는 것이 어떠냐고 말했다. 멀리 가기 위해 적절히 쉼이 필요하다고 적극적으로 권했다. 살면서 쉼표 하나만 잘 찍어도 성공한 인생이라고 말해 주었다.

큰딸이 마침내 어려운 결정을 했다. 가족 모두 케냐로 긴 휴가를 떠났다. 나는 할 수 없이 또 한 번의 이사를 해야 했다. 딸과 손녀들이 떠난 집으로 꽃들과 강아지를 돌보기 위해 딸네 집에 머물게 되었다. 딸은 힘든 시간을 보내면서도 많은 식물을 길렀다. 쉼 없이 피고 지는 제라늄에 위로를 받고 싶었는가 보다. 제라늄들은 주인의 마음을 아는 듯 활짝 웃어 주었다.

딸이 떠나고 나서야 얼마나 힘겨웠을까 생각이 들었다. 나 때는 전업주부면서도 육아가 힘겨워 진종일 일하고 오는 남편에게 투정도 부리곤 했다. 가정과 일, 육아를 병행하는 일은 일일이 말을 하지 않아도 힘겨움이 턱까지 찼으리라. 그래서 요즘은 아이를 낳지 않으려고 한다는 말에 백배 공감한다. 큰딸은 힘들 때마다 베란다에서 시간을 보냈다. 나는 큰딸의 정원을 바라보며 딸의 마음을 이제야 헤아려 본다.

딸이 키울 때의 꽃들은 그저 바라만 봐도 예뻤다. 그러던 것이 내가 해야 한다고 생각하니 힘에 부친다. 떡잎도 제거하고 조금 크다 싶으면 삽목을 해야 한다. 손녀들 못지않게 힘겹게 느껴졌다. 식물들의 특성에 맞춰 물을 주는 일 또한 힘이 든다. 햇빛이 많이 필요한 식물도 있지만, 햇빛이 적어도 잘 자라는 식물도 있다. 꽃을 피우고 또 피우다 지쳐 쓰러지기 전 휴지기에 들어가는, 적절히 쉼이 필요한 식물도 있다.

계속 꽃을 피우다 언제 쉬어야 할지 시간과 방향을 잃은 사람은 딸이었다. 딸과 나는 휴지기가 필요한 식물이었다. 딸이 떠나고 나서 나도 인공관절 수술을 받았다. 아플 때는 식물들을 제대로 돌봐주지 못했다. 베란다 가득 햇빛이 들어온다. 햇살을 향해 식물들을 돌려놓고 물도 꼬박꼬박 잘 준다. 그리고 한 컷 찍어 딸에게 보낸다.

나 또한 쉼표 찍는 자리를 몰라서 긴 시간을 헤맸다. 식물들을 바라보며 이제야 숨 한번 길게 내 쉬어본다.

황복선

토요수필 · 16

끝말 이어쓰기

초판발행 2023년 11월 29일

지 은 이 토요수필문학회
펴 낸 이 배준석
펴 낸 곳 문학산책사

등   록 제3842006000002호
주   소 ㉿14021
          경기도 안양시 만안구 병목안로 81 성원Ⓐ 103-1205
전   화 (031)441-3337 / 010-5437-8303
홈페이지 http://cafe.daum.net/munsan1996
이 메 일 beajsuk@daum.net
제 작 처 시지시 (전화 : 0505-552-2222)

값 12,000원

ⓒ 토요수필문학회, 2023

ISBN 979-11-93511-03-9 03810

* 이 책은 🌐 **안양시** 문예진흥기금 일부 보조로 만들었습니다.